[著者]三月みどり
[原作・監修]Chinozo
[イラストレーター]アルセチカ

「この先、ずっと入れ替わったままでいないか？」
小川優輝
おがわ・ゆうき

「めっちゃ楽しいね！」
小川昴希
おがわ・こうき

桐谷翔
きりたに・かける
「桐谷くん！全部破けちゃった！」

「……ちょっと七瀬!?」
七瀬レナ
ななせ・れな

「た、たまや〜！」
丸谷花火
まるや・はなび

「すっげえ……」

# CONTENTS

p12:プロローグ

p14:第一章｜意味

p94:幕間｜
とある少年の“特別”な日常。

p97:第二章｜小川昴希

p134:第三章｜小川優輝

p159:第四章｜TAMAYA

p252:エピローグ

# TAMAYA

三月みどり
原作・監修：Chinozo

MF文庫J

# まえがき

こんにちは、はじめまして。

ボカロPのChinozoです。

本作をお手に取っていただきありがとうございます。

このシリーズが始まって約1年半、この作品でなんと四作目になります！

いっぱい皆様に愛していただいたおかげです。ありがとうございます。

さて、本作は僕の楽曲の中から、大好きな「TAMAYA」を小説にしていただきました。

劣等感がテーマの「TAMAYA」という楽曲ですが、歌詞それぞれの意味を汲み取って、
今作も素敵なストーリーに仕上げてくださいました。

三月先生は本当にすごいです……。

前作までとは少し異なり、世界は同じですが、少しファンタジー要素も入っておりますの

で、そういう系統が好きな方も楽しめる内容だと思います。

ぜひ楽曲から入った皆様も、読んでストーリーに浸っていただけると嬉しいです！

最後に、毎度のことですが、楽曲と小説の世界観はそれぞれ異なりますので、小説の内容が楽曲の答えではないのでご注意を！

楽曲を元に、三月先生が作ってくださった別世界の物語ですので、そこを念頭にお楽しみください！

それでは小説「TAMAYA」、どうぞ！

[原作・監修]Chinozo

[口絵・本文イラスト]アルセチカ

# ○プロローグ

この世界には〝特別〟な人たちが少なからずいる。
例えば――。

海を渡って投手と打者の両方で大活躍している野球選手。
オリンピックで金メダルを二大会連続で獲《と》ったフィギュアスケート選手。
全世界で五億部も発行されている漫画を描いている漫画家。

まあこれは〝特別〟の中でもさらに〝特別〟な人たちだろう。
だが、こんな人たち以外にも――もっと身近なところにも〝特別〟な人たちはいる。

クラスの人気者だったり。
サッカー部のレギュラー選手だったり。
やたら勉強できるやつだったり。

彼らは先に挙げた人たちよりは〝特別〟っぽくはないのかもしれない。

でも、自分の中に自信がある何かが一つでもあって、それが誰かに少しでもすごいと思われることなら、その人は〝特別〟な人だって言えると思う。

だから、彼らだって充分〝特別〟な人たちだ。


俺は〝特別〟になりたかった。

何かのプロになりたいとか、そんな大それたことは全く思っていない。

だけど——なんでもいいからちょっとした〝特別〟になりたかった。

何か一つだけでいいから、誰か一人にとってでもいいから〝特別〟になりたかった。


けれど、俺は生きていく中で気づいてしまったんだ。

あぁ、きっと俺はそんな身近な〝特別〟にすらなれないんだって。


これから語られるのは、そんな〝特別〟になることを諦めていた俺のひと夏の物語。

# 第一章　意味

六月中旬。あと一ヵ月くらいで夏休みに入るという頃。

教室では、先日行われた高校二年生になって初めての中間テストの結果が返されていた。

科目は数学。それ以外の科目は既に返されている。

つまり、この科目で俺――小川優輝《おがわゆうき》の中間テストの総合得点がわかる。

「小川～」

テストの結果に一喜一憂しているクラスメイトたちが騒ぐ中、担任から名前を呼ばれた。

担任は今年からこの学校――夏海《なつみ》高校に赴任してきた三十代くらいの男性教員。

スーツ姿にグラサンとどう見ても裏の世界の住人にしか見えなくて初めはみんなビビッてたけど、実際はグラサン先生なんて愛称で呼ばれても一切怒ったりしない優しい先生だ。

「よく頑張ったな」

グラサン先生はそう褒めてくれたが、俺はなんとなく察してしまった。グラサンで表情は見えないけど、この優しい声のトーン。明らかに気を遣っている。

俺は「ありがとうございます」と言葉を返しながら答案用紙を受け取ると、その場では点数を確認しないまま自分の席に戻った。

そうして少し深呼吸をしたあと、ぺらっと答案用紙をめくってみる。

「……ひでぇ」

思わず声に出てしまった。

結果は三十二点。ギリギリ赤点回避ってところだ。ちなみに他の科目の点数も、大体数学と同じくらい。赤点にはなっていないものの、どれも低すぎる点数だった。

もしこれで俺が運動部だったりしたら、まあ部活やっているからしょうがないか、と思うこともできるんだけど、残念ながら俺はなんの部活にも入っていないので言い訳のしようがない。さらには勉強していなかったとかじゃなくて、テスト前に割と真面目《まじめ》に勉強してどれも点数が低いという悲惨な現実。……誰か夢だと言ってくれ。

「お、小川くん」

かなりショックを受けている中、不意に隣から名前を呼ばれた。

振り向くと、隣の席の美少女が心配そうにこっちを見ていた。

彼女の名前は丸谷花火《まるやはなび》。一年生の夏休み明けに夏海高校に転校してきて、その時からの俺のクラスメイト。加えて、この世に二人しかいない俺の友達の一人だ。

艶《つや》やかな黒髪は肩口くらいまで伸ばしていて、チャーミングな赤いリボンが着けられている。美人というよりは可愛《かわい》い系の顔立ち。背は小さくて……というか手とか足とか全体的に小さいから人形みたいな可愛らしさが彼女にはある。

「その……テストどうだった？」

ややかさめの声で訊《たず》ねてくる丸谷《まるや》。これは別に俺を恐《こわ》がっているとかではなくて、彼女が元々控えめな性格だから。

俺も他人とコミュニケーションを取るのは苦手だから、誰かと話すとき、つい声が小さくなってしまうのはよくわかる。

じゃあどうしてそんな俺と丸谷が友達になることができたかというと、彼女が転校してきた当初、たまたま今みたいに俺が彼女の隣の席に座っていて、当時の担任から彼女の補助役に指名されたからだ。

それがきっかけでいくらか口下手同士のぎこちない会話をするうちに、段々と打ち解けて仲良くなっていった。別に共通の話題が多かったわけじゃない。……でも、自分でもよくわからないけど不思議と仲良くなれたんだよなぁ。

「ギリギリ赤点回避だった。まあ……いつも通りかなり悪い点数だったよ」

正直に話すと、丸谷は「そ、そっか……」と残念そうな顔を浮かべる。

しかし、彼女はすぐに俺に見せるように小さな両手をグッと握る。

「でも大丈夫だよ。それってつまり、小川《おがわ》くんには伸びしろが沢山あるってことだから」

「……確かに。そう考えると、俺って伸びしろありまくりだな」

「そうだよ。伸びしろの小川くんだよ」

うんうん、と頷《うなず》いてくれる丸谷。なんか二つ名みたいなの付けられたな……。

一年の時からそうだけど、彼女は俺が落ち込んだときに「大丈夫だよ」といつも励ましてくれる。話すのが苦手なのに、一生懸命に元気づけようとしてくれる。

こういう時、俺は丸谷と友達になれて本当に良かったと思うし、俺と友達になってくれた彼女にすごく感謝しているんだ。

「丸谷、ありがとな」

「っ！……う、うん」

お礼を言ったら、丸谷は恥ずかしくなったのか顔を少し下に向けてしまった。

わかる、わかる。急に感謝とかされると、口下手な人はどう反応したらいいかわかんなくなるんだよな。わかるぞー。

「そういや、丸谷はテストどうだった？」

「いつもと同じで七十点くらい。良くも悪くもなくって感じかな」

もう恥ずかしくなくなったのか、丸谷は顔を上げて答えてくれた。

「いいなぁ七十点。俺も取ってみてぇ」

高校に入学して以降、というか人生で一回も平均点すら上回ったことないけどな。

「あーし、百点じゃん。まじぽよぽよあげぽよぽよぽよラッキーだし」

赤点回避だ、七十点だ、なんて話している中、不意に百点とかいうトンデモ点数が聞こえてきた。見てみると、一つ前の席で金髪にお洒落《しゃれ》なメイクをした所謂《いわゆる》ギャルの女子生徒が答案用紙を片手に佇《たたず》んでいる。

　彼女の名前は詩音梨花《しおんりか》さん。丸谷《まるや》と同じ転校生だけど彼女の場合は二年生に進級したと同時に夏海《なつみ》高校にやってきた。

　どうやら彼女が百点を取ったみたいだけど……その前にさっきのギャル語って絶対に合ってないだろ。ギャル語はよく知らないけど、あんなにぽよぽよ言わない気がする。

「ん？　あーしに何か用？」

　なんて思っていたら、視線を向けていたのが詩音さんにバレてしまった。

「えっ、あっ……な、なんでもないです……」

　たじたじになりながらそう返したら、詩音さんは「あっそ」とだけ口にしたあと、近くにいた友達と談笑を始めた。……やっぱり丸谷以外とはまともに話せないなぁ。

　適当なギャル語は使うし、つい数ヵ月前に転校してきた詩音さんだけど、もう俺より友達が多い。なんならクラスでちょっとした人気者だ。

　それに加えて頭まで良かったなんて、今日初めて知った。

　……俺もギャル語とか喋《しゃべ》ったりした方がいいのかな。

「やっべー。赤点取っちまった～」

　百点の話の次は、近くからそんな言葉が聞こえてくる。

声の主はこのクラスで一番の人気者であり、二年生ながらサッカー部のエースストライカーでもある松本健斗《まつもとけんと》くん。

一応、俺と同じ中学校だったけど、中学三年間、同じクラスになったことないし、去年も別クラスだったし。きっと松本くんは俺のことなんて覚えていない……というより、たぶん知らない。

「赤点って、なにやってんだよ健斗～」「だっさ～」「健斗ってほんと頭悪いなぁ」

他のクラスメイトにからかわれると、松本くんは「やっちまった～」と笑っている。

赤点を取った割には、それほど落ち込んではいない様子。

それはきっと彼にはサッカーという自分の中で自信のあるものがあるから。

対して、俺は赤点を回避したものの点数はかなり低くて、さらには松本くんのサッカーみたいな得意なものなんてない。運動も勉強と同じくらい苦手だからなぁ。

「……はぁ」

つい大きなため息が出てしまう。

「お、小川《おがわ》くん、その……私も頑張るから、また次のテストで一緒に頑張ろうよ。伸びしろの小川くんなら百点だって取れるよ」

再び落ち込んでいる俺のことを心配してくれたのか、また丸谷が励ましてくれた。

……丸谷って、本当に優しいよな。

「そうだな。伸びしろの小川《おがわ》くん頑張ります」

俺が答えると、丸谷《まるや》は安心したのか口元を緩めた。

……しかし、丸谷に対してはポジティブな言葉を口にしたものの、本心では彼女が言ったみたいに伸びしろがあるとか、そんな風には到底思えなかった。

なぜなら伸びしろなんて――そんなものとっくの昔に俺にはないってわかってるから。

◇◇◇

学校が終わって部活に入っていない俺は帰宅すると、今日出された宿題を済ませてから、晩ご飯までの時間は適当にゲームをして過ごしていた。

休日だと外に出かけたりすることもあるけど、学校がある平日は大体こんな感じ。友達が少ないから放課後に遊ぶことはほぼ……いや一切ない。

丸谷とは家が同じ地域にあるからたまに一緒に帰るけど、彼女は誰かとワイワイ遊んだりするタイプじゃないし、もう一人の友達は……まあ色々あってワイワイできない。

それに俺だって、誰かとちゃんと遊んだ経験なんてないからワイワイの仕方を知らない。

そんなわけでノーワイワイな俺は今日も宿題を済ませたあと、こうしてゲームをして過ごしている。タイトルは昔から流行《はや》ってシリーズ化している『マルオパーティ』。

友達とやるゲームだよね？　って思う人もいるだろうが、あいにく俺には一緒にゲームできる友達はいない。対戦系とかアクション系とか他のゲームは下手すぎてやってられない。だから一人で『マルオパーティ』でサイコロ回してんのが一番楽しいんだ。……ミニゲーム全然勝てんけど。

ボーっとゲームをしていると、晩ご飯の支度ができたらしく母さんから呼ばれた。

一階に降りてダイニングに行くと、仕事が早上がりだった父さんと弟——秀也《しゅうや》が先に席に座っていた。

それから俺と母さんが席に着いたところで、全員揃《そろ》って晩ご飯を食べ始めると——。

「優輝《ゆうき》、数学のテストはどうだったの？」

母さんが開口一番に訊《たず》ねてきて、俺は思わずむせてしまう。

実は今日のテストの結果は、まだ両親には見せていない。そりゃあれだけ低い点数を、両親に自ら進んで見せたがる子供なんていないだろう。

というか、今日テストが返ってくることは家族の誰にも伝えていないはずなのに、母さんはどうして知ってんだよ……。

「だ、大丈夫⁉　兄さん⁉」

秀也が急にむせた俺を心配してくれて、それに俺は頷《うなず》いて大丈夫だと伝える。

「なんだ優輝。テストが返されたのか？」

一方、父さんは俺のテストの結果が気になるみたいだ。

話の流れで父さんにもテストがあったことがバレてしまった。……まあいい。どうせ母さんが適当に言ってるだけだろうから、とぼけてたらやり過ごせるだろう。

「す、数学のテスト？　な、なんのことぽよか？」

しかし、まだ動揺していたのか、なぜか詩音《しおん》さんの適当なギャル語が出てしまった。

やっちまったぁ！　これは怪しまれるぞ！

「何その口調？　それより今日、数学のテスト返ってきたんでしょう。ママ友から聞いてるのよ」

「なんで俺には友達がほとんどいないのに、母さんにはママ友がいるんだよ……」

母さんはママ友経由で普通に知っていたらしい。話すのが苦手な子の親は逆に話すのが得意、みたいなのはよくある話で、うちの家庭もそれと全く同じだった。

銀行員の父さんの要望で、母さんはいまは専業主婦をやっているものの、昔はバリバリのキャリアウーマンだったらしく、はっきり言えばコミュ力お化けなので学校の懇親会とかですぐに同級生の母親と友達になってしまう。

……こんな母親相手にテストを隠そうとしても無駄か。

「で、テストはどうだったの？」

「……三十二点」

白状すると、母さんは呆《あき》れたように大きなため息をついて、額に手を当てる。

父さんは興味をなくしたのか、再び晩ご飯を食べ始めた。

「これまで返された他の科目のテストもそのくらいだったわよね？」

「……まあ、どれも三十点ちょいくらい」

「ちゃんと勉強したの？」

「勉強はしたよ……でも――」

「あのね『でも』とか『だけど』とか使うのはやめなさいって、いつも言ってるでしょう。そんな言葉、言い訳をするためにしか使えないんだから」

母さんはまた大きなため息をついた。二度目のそれを聞いて、胸の辺りがチクリと痛む。

それから、母さんはまたいつものように話し始める。

「あのね優輝《ゆうき》。少しは秀也《しゅうや》を見習いなさい」

出た。もう何百回聞いたかわからない、この言葉。

この後のパターンは大体決まっている。

「秀也は勉強も頑張ってるし、運動も頑張ってるのよ」

母さんが弟のことを褒めて。

「そうだぞ優輝。秀也はお前と違ってすごく頑張ってるんだぞ」

父さんが弟のことを褒めて。

「この間のテストなんて中学二年生で一番良い成績を取ったのよ」

また母さんが弟のことを褒めて。

「体力測定も学年一位って聞いたな」

また父さんが弟のことを褒める。

小学生の時からほぼ毎日このパターンだからな。さすがにバカな俺でも覚える。

「母さん、父さん。僕の話は止《や》めてっていつも言ってるでしょ」

「でも秀也《しゅうや》。こうでも言わないと優輝《ゆうき》が……」

「わかってくれ秀也。これは優輝のためなんだ」

秀也が注意しても、両親は全く聞く気がない。

すると、秀也は少し語気を強めて、

「僕が止めてって言ってるんだから止めて。いいよね？」

そんな言葉を聞いて、母さんと父さんはようやく口を閉じた。

勉強も運動も完璧な優秀過ぎる弟の前では、さすがの二人も逆らえないらしい。

……まあこれもいつものパターンなんだけど。

「ほら兄さん！　晩ご飯を食べようよ！」

さっきの鋭い雰囲気から一転して、ニコニコしながら俺に話しかける秀也。

「お、おう……」

俺はそう返すと、秀也と一緒にまた晩ご飯を食べ始めた。

こんな感じで、俺は小さい頃から両親に優秀な弟と比べられて、そのたびに優しい弟に守られる日々を送っている。

晩ご飯を食べ終えたあと。俺は自室でまた少しゲームをしたのち、母さんから秀也が風呂から上がったと聞いて、次に風呂に入ろうと着替えを持って浴室に向かった。

小川《おがわ》家では何事もダメダメな兄より優秀な弟が優先だ。秀也は俺に気を遣って、そんなことしなくていいって言ってくれるけど、そこはたびたび俺が直接説得している。

勉強も運動も必死に頑張っている弟より、こんな残念な兄が先に風呂入ったりとか……さすがに申し訳なさすぎる。

「あっ、兄さん」

浴室に向かう途中で、風呂上がりの秀也が声を掛けてきた。頬《ほお》はまだ少し赤くて、それが俺とは違ってイケメンな彼をさらにイケメンにしている。

「これから勉強か？」

「うん。テストが終わったばかりだけど、頑張らないとすぐに成績が落ちちゃうから」

「そっか、お前は偉いな。頑張れよ」

それだけ告げると、俺は秀也の横を通り過ぎる。

「に、兄さん」

すると、また秀也《しゅうや》に呼ばれて、俺は振り返った。

「どうした？」

「その……いつも言ってるけど、母さんと父さんが言ってること気にしなくていいからね。僕はいまの兄さんのこと大好きだし……そ、尊敬してるから」

「そ、そうか。それは嬉《うれ》しいけど、尊敬って……こんな俺にどこを尊敬するところがあるんだよ」

なんでも優秀な秀也がダメダメな俺のことを尊敬？　ぶっちゃけお世辞にしか聞こえない。もはやお世辞にも聞こえなくて、バカにしてるとさえ感じる。

優しい秀也のことだから、それは絶対にないけど……。

「尊敬するところは沢山あるよ。子供の頃、僕が迷子になっても必ず見つけてくれたり、僕が悪そうな人に絡まれたら兄さんも恐《こわ》いはずなのに助けてくれたり――」

「そんなの昔の話だろ。それにそんなことで尊敬とかしなくていいんだよ。ピンチな弟を助けるのは兄としては当たり前のことなんだから」

「あ、当たり前じゃないよ。だから僕は――」

「はいはい、この話はもう終わりな。勉強、頑張れよ」

俺はそれだけ告げて強引に会話を終わらせると、着替えるために洗面室に入った。

少し経《た》って、秀也が遠ざかる足音が聞こえる。

深く息を吐いた。

……秀也、俺はお前に尊敬されるような人間じゃないんだよ。

だって秀也が両親から褒められるたびに、俺はお前と代われたらいいのに……なんてことを思ってるんだからな。

「クソ野郎じゃん、俺」

兄としてダサすぎる自分に、逆に笑ってしまう。

……さっさと風呂入るか。

◇◇◇

風呂から上がると、俺は自室でスマホをいじっていた。

宿題は済ませてるし、ゲームはちょっとやり過ぎで疲れたから今日はもういい。

ネットで適当に検索していると、プロのサッカー選手が海外のチームに移籍するというニュースを見つけた。

選手のコメントは「自分の力を信じて、全力で挑戦したい」と書かれていた。

挑戦……か。

その言葉に、俺は昔のことを思い出す。

小学三年生の頃だった。クラスで人気者の男子を見て、ふと思ったんだ。

もし俺が彼のようになれたら、毎日楽しいだろうなぁ。

その時までは人気者ってすごいなぁ、と外から眺めるだけだったのに、急にもし自分がなれたら——なんて思うようになったんだ。

当時はまだ秀也《しゅうや》が小学生にすらなっていないから両親に比較されたりとかはなくて、自分自身も何がどれくらいできるか、はっきりとはわかっていなかった。

それから俺はクラスの人気者だけじゃなくて、他の人にも同じ感情を抱くようになった。

少年野球でエースの男子。

料理がめっちゃ上手《うま》い女子。

頭がすこぶる良い男子。

彼のように、彼女のように——少しでも〝特別〟な人になれたら。

そんな思いは段々と大きくなっていって、ついには俺も〝特別〟になれるように色んなことに挑戦してみることにした。

まずは運動ができたらカッコいいと思って、少年バスケのチームに入った。

――でも、いくら練習してもドリブルが三回すらできなくてコーチからやんわりと辞めた方がいいと言われた。

次に男子で裁縫ができたらすごいかもと思って、小学校の手芸クラブに入った。

――でも、手先が不器用過ぎて他の生徒たちから邪魔者扱いされて追い出された。

次に友達が百人くらいいたら人気者になれると同級生と沢山仲良くなろうとした。

――でも、俺にはコミュニケーション能力が皆無でまともにみんなと話すことすらできなかった。

それから中学に上がっても俺は〝特別〟になろうと色々やってはみたけど、どれも上手くいかなかった。

結局、わかったことは二つだけ。

俺には何も向いていることがないこと。

そして――そんな俺は決して〝特別〟にはなれないこと。

「何か一つだけでもあると思ったんだけどなぁ」

昔のことを思い出しながら、呟《つぶや》く。

どんな小さなことでもいいから〝特別〟になれる何かが欲しかった。

誰か一人にとってでもいいから〝特別〟な人になりたかった。

けれど、何もない俺は〝特別〟にはなれない。

きっと俺の代わりなんていくらでもいる。

だったら、そんな俺って――。

「……もう寝るか」

これ以上考えるのは止《や》めて、俺は部屋の電気を消した。

暗くなったところで、いつも全然眠れないんだけど……。

最後に気持ちよく眠れた日って、いつだったっけ？

◇◇◇

数日が経《た》って休日を迎えた。俺には気分が落ち込んでいる時によく行く場所が二つある。

その一つが爺《じい》ちゃんの家だ。

「おう優輝《ゆうき》。また来たか」

自宅から自転車で十分くらいかけて到着すると、爺ちゃんはいつものように縁側に座っていた。

街から少し離れて、住宅もぽつぽつとしかなくて、近くに森や大きな山があるところ。そんな場所にある、お屋敷くらいに広い木造の古びた家に爺ちゃんは住んでいる。

「またってなんだよ。別にいいじゃんか」

「ダメとは言ってねぇだろ？」

爺ちゃんは首を動かして隣に座れと伝えてくる。

それを見て、俺は爺ちゃんの隣に座った。

「また花火《はなび》作ってんの？」

「おうよ。これが仕事だからなぁ」

花火玉をいじりながら、爺ちゃんは答えた。

爺ちゃんは花火師だ。しかもかなり有名な花火師で、この地域で行われるイベントや祭りの花火は基本的に爺ちゃんと爺ちゃんが雇っている従業員が作った花火が打ち上げられている。

ついでに爺ちゃんの名前も菊次郎《きくじろう》で、ちょっと花火と共通点がある。

「花火はいいぞ。ちなみに花火の作り方はなぁ――」

「あぁもういいから。花火の作り方だったり打ち上げ方だったり、何回話すんだよ。覚えたくもないのに、もう覚えちまったよ」

爺《じい》ちゃんの家に来るたびに、彼は花火《はなび》の話をめちゃくちゃする。

おかげで花火に関することは、ほとんど覚えてしまった。

その後、のんびり爺ちゃんの仕事を眺めていると、

「また明彦《あきひこ》や清香《きよか》さんに何か言われたのか？」

爺ちゃんは作業を続けながら、自然と訊《たず》ねてきた。

明彦と清香は、父さんと母さんの名前だ。

「……なんでそう思うんだよ」

「お前がここに来るのなんて、大体二人に怒られたりした時だからだな」

「そんなことは……まあ、あるけど」

爺ちゃんが言った通り、爺ちゃんの家に来るときはほとんど父さんや母さんに怒られたり、弟と比べられたりした日の後だ。

なぜなら爺ちゃんは虎も逃げ出してしまいそうな強面《こわもて》だけど、見た目とは違ってとても優しい人で、それに甘えていつも俺の愚痴を聞いてもらっているから。

「どんなことがあったか話してみな。ワシが聞いてやるよ」

爺ちゃんは笑いながらそう言ってくれる。

そんな爺ちゃんに感謝しながら、俺は話し始めた。

「――ってことがあったんだよ。酷《ひど》くない？」

話し終えると、爺ちゃんは大声を出して笑った。

いや、これ笑い話じゃないんだけど……。

「すまん、すまん。本当に優輝《ゆうき》は昔のワシにそっくりだなと思ってな」

「たしか爺ちゃんにも優秀な弟がいたんだっけ？」

「おうよ。勉学と運動はもちろん、あいつは縫い物や料理だってとにかくなんでもデキるやつだったな」

「秀也《しゅうや》よりやべぇじゃん……」

そんなになんでもできたら、逆に人生に困りそうだ。……でも羨ましい。

「一方、ワシはなーんもできんやつだった。だからワシは両親からデキが良い弟とよく比べられてなぁ……いまの優輝と全く一緒だな」

「俺と一緒は余計だろ」

そう返すと、爺ちゃんはまた笑った。ここも笑うところじゃないって……。

「それでも、花火師として仕事ができているし、もう天国に行っちまったがべっぴんなカミさんと一緒に過ごすこともできた。さらにはこうして可愛《かわい》い孫にも会えている」

爺ちゃんはそう語ってから、励ますように俺の背中をポンと叩《たた》いた。

「まあ、なんだ。なーんもできんかったワシでさえ良い人生を送れているんだ。そのうちお前にもびっくりするくらい良いことが沢山待っているってもんよ」

「びっくりするくらい良いことねぇ……」

そんなに良いことが、何もない俺に本当に起きるだろうか……？

それに爺《じい》ちゃんは自分のことを何もできないやつとか言ってるけど、花火師《はなびし》っていう自分の中で自信のあること、他人からすごいと思われることを持っている。

つまり、彼もまた〝特別〟な人なんだ。

だから、本当に何もできない俺とは全然違う。

「さてと、孫に良いこと言ったからちょっとトイレいってくるわ」

「全く意味わかんねぇよ……」

それに爺ちゃんはまた大声で笑いながら、言った通りトイレの方へ歩いて行った。

……あの人、強面《こわもて》なのに笑い上戸なんだよな。

約十分後。爺ちゃんが縁側に戻ってきた。爺ちゃんの家は広すぎて、縁側からトイレまでやたら遠いから往復するのに時間がかかるんだ。

「おっ、もう行くのか」

家を出る支度を済ませている俺を見て、爺ちゃんが訊《たず》ねてくる。

「うん。ちょっと寄るところあるから」

「またアイツのところに行くのか？　いいか優輝《ゆうき》。アイツには絶対に触るんじゃねーぞ」

「わかってるって。爺ちゃんは心配しすぎなんだよ」

「そりゃお前はワシの孫なんだから心配するに決まって――？」

途中で爺ちゃんの言葉が止まったから何かあったのかと視線を向けると、彼は花火玉を不思議そうに見ていた。

「おい優輝、お前花火玉いじったか？」

「そんなことするわけないだろ。未成年は火薬の取り扱いはできないって、爺ちゃんから聞いてるのに。吉田《よしだ》の兄ちゃんが来て、その花火玉をちょっと見てたんだよ」

爺ちゃんの花火工場はすぐ近くにあるから、従業員の人たちがたまに仕事の用事でここに来たりする。

「そうか。ならいいんだ」

「吉田の兄ちゃんが聞きたいことがあるって言ってたぞ。早く行ってやれよ」

そう告げてから、俺は爺ちゃんの家を出ようとする。

「爺ちゃん、その……今日も話聞いてくれてありがとな」

「そんくらいで礼なんて言わなくていいんだよ。またいつでも来い」

別れ際、俺がお礼を言うと、爺ちゃんは力強く言葉を返してくれた。

クソ恐《こわ》い顔しているのに、クソ優しい。それが俺の爺《じい》ちゃんだ。

◇◇◇

「到着っと」

爺ちゃんの家から数分自転車を飛ばして、さらに森の中を歩くこと数分。

目的の場所に着いた。そこは神社だ。

しかし鳥居は崩壊しているし、おそらく昔は他の建物もあったんだろうけど一切見当たらず、かろうじてボロボロの拝殿が建っているくらい。

言ってしまえば、完全に廃れた神社だった。

けれど、ここが気分が落ち込んだ時によく来る二つ目の場所だ。

「おーい、タマー」

慣れたように俺は拝殿に向かって呼びかける。アイツはいつもあそこにいるからな。

なんて思っていたら、早速拝殿の裏からひょっこりと顔を出してきた。

——綺麗《きれい》なブラウンの毛色のキツネだった。

「クゥン!!」

そのキツネ——タマは俺の顔を見るや、すぐに駆け寄ってくる。

だが俺に飛びつくことはせずに、目の前でピタッと停止した。

代わりに嬉《うれ》しそうに尻尾を振っている。

「ごめんなぁ。爺ちゃんに直接触るなって言われてるから……」

「クゥン！」

申し訳なさそうに謝ると、タマは「大丈夫！」と伝えるように強い声を返してくれた。

タマと出会ったのは、今からだいたい一年前。

高校に入学しても友達が全くできずクラスに馴染《なじ》めなくて、憂鬱な気分のまま過ごしていた時に、車に轢《ひ》かれそうになっていたタマを偶然俺が助けたんだ。

そしたら色々あってタマがこの廃れた神社に一匹で住んでいることがわかって、なんとなく心配で神社に通うようになり、気づいたらタマとめっちゃ仲良くなっていた。

ちなみにだけど、俺の二人の友達のうち一人はタマのことだ。……まあ一人というか一匹というか……それでも友達は友達だ！

それにしてもタマを助けた当時は、両親や爺ちゃんから危ないことするなってやたら怒られたなぁ。珍しく秀也《しゅうや》からも叱られたし……。

その流れで爺ちゃんからキツネには危ない菌があるから、絶対に直接触るなって言われたんだよなぁ。

「本当は頭を撫《な》でてあげたりしたいんだけどなぁ」

動物って頭とか顔を撫《な》でてあげると、嬉《うれ》しがるらしいし。友達には喜ぶことをしてあげたいよなぁ。

「クゥーン！」

「おっ、いつものやつやりたいのか？」

元気な鳴き声を聞いて俺が訊《たず》ねると、タマは小さく頷《うなず》く。

「よーし、じゃあ最初はライト！」

俺が言うと、タマは右手を上げる。

「次はレフト！」

次いで左手を上げる。

「最後に風車！」

そして、ラストは尻尾をぐるぐると回した。

これは俺とタマが会うと必ずやる遊びだ。

「よくできたぞ！　お前は俺と違って優秀だな！」

「クゥン！」

「そこは否定してくれよぉ……」

こんなやり取りもいつものこと。普段もタマと喋《しゃべ》っているみたいにクラスメイトと話せたら友達ができそうなんだけど、なかなかそう上手《うま》くはいかなくて……。

それから俺たちはボロボロの拝殿の手前にある石段に移動すると、適当に座った。

「なあ聞いてくれよ。また俺、母さんたちに怒られたんだぜ？　しかもまた弟と比べられてさぁ……」

気が付いたら、爺《じい》ちゃんに話したみたいにタマにも愚痴をこぼしていた。

友達には本当はこういう姿を見せたくないんだけど、タマには言葉が通じないとわかっているからか、よくやってしまう。

何やってんだろ、俺。キツネにまで愚痴をこぼすとか……なんか惨めだな。

「クゥン！」

すると、タマが勢いよく尻尾を振ってくれた。

俺が落ち込んでいるのを察したのか、励ましてくれてるんだろう。

「ありがとな。タマは爺ちゃんと同じくらい優しいよ」

「クゥン……！」

褒めたつもりだったけど、なぜかタマがこっちを睨《にら》んでいる気がする。

爺ちゃんと同じくらいって言ったのがマズかったのかな……？

「そ、そうだな！　タマは爺ちゃん以上に優しいよな！」

「クゥーン！」

タマは今度は嬉《うれ》しそうに尻尾を振った。ご機嫌になってくれたみたいだ。

タマって意外と嫉妬深いやつなんだな……。

「あっ、タマが好きなスモモをこっそり家の冷蔵庫から取ってきたんだ。食べるか？」

訊《き》くと、タマはうんうんと頷《うなず》いた。

俺はスモモを持ってきた果物ナイフで半分に切って、タマの足元に落とす。

キツネが触ったものを触るのも危ないからフリスビーとかもできないし、タマとやれることといったら、一緒に話したり、タマに風車とかさせたり、タマに食べ物をあげたりすることしかない。

「よいしょっと」

タマがスモモを食べている間、俺は立ち上がると拝殿に向かって手を叩《たた》く。

廃れてはしまっているけど本物の神社なので、ここに暮らしている友達の安全を祈っておく。これは俺がここに来た時に必ずやっていることだ。

「クゥン！」

不意に背後からタマの鳴き声。見てみると、もうスモモがなくなっていた。

どうやらおかわりが欲しいみたい。

「お前は食いしん坊だなぁ」

俺はそう言いながら、タマにもう一個スモモを切って渡す。

それから、おかわりのスモモもあっという間に食べ終えたタマと、また遊んだり話したりしながら（今回は『マルオパーティ』のキャラの可愛《かわい》さについて教えてあげた）俺は休日を終えた。……やっぱりタマと一緒にいると、すげぇ楽しいんだよなぁ。

両親に叱られた時は爺《じい》ちゃんが話を聞いてくれるし、学校に行ったら丸谷《まるや》がいるし。

よくよく考えたら、何もないくせにそれなりに良い人生送れてるじゃん。

それなら別に〝特別〟なんかになれなくても、このままだって――。

◇◇◇

「では、これから文化祭の出し物を決めたいでござる」

休日明けの学校。教室ではホームルームの時間を使って、来月に行われる文化祭のクラスの出し物についての話し合いが始まった。

夏海《なつみ》高校の文化祭は毎年夏休み直前の七月中旬に行われるが特にこれといって名物はなくて、ごく普通の文化祭だ。去年は俺がいたクラスは喫茶店をやったけど、俺は料理も接客もできないからずっと皿洗いを……うぅ、嫌な記憶のせいで頭が痛くなってきた。

……文化祭の話し合いなんてサボって帰ろうかな。

「この前の話し合いで『チーズ』という曲のダンスと『ロミオとジュリエット』の演劇まで絞ったので、この二つから多数決で出し物を決めようと思うでござる」

文化祭実行委員の服部忍《はっとりしのぶ》くんが、危なげなく進行していく。

ちなみに彼も詩音《しおん》さんと同じように、二年生に進級したと同時に夏海高校にやってきた転校生。それなのに今みたいに場を取り仕切るのが上手《うま》いから、クラス委員長と文化祭実行委員を掛け持ちしている。……改めて考えるとすごいやつだな。

あと語尾にござるを付けるのは忍者に憧れているからみたい。最初は俺も含めてクラスメイトたちも戸惑っていたけど、もうすっかり慣れてしまった。

それにしても適当なギャル語を使うやつだったり、忍者みたいな口調のやつだったり。

今年は変な転校生が多いなぁ……。

「お、小川《おがわ》くん。小川くん」

「ん？　どうした？」

丸谷から名前を連呼されたので、俺は隣を向く。

「小川くんはさ……その、ダンスと演劇どっちが良いの？」

「うーん、俺はスポットライトやるつもりだしどっちでもいいかな」

「えっ……スポットライトやるの？」

「まあなー。どうせダンスも演技もできないし。なんならスポットライトもできずに戦力外通告を受けるかもなー」

軽く笑いながら話すと、丸谷は悲しそうな表情を浮かべる。

お、おかしいな。めっちゃ面白い自虐ネタだったと思ったんだけど、なぜか重い空気に……と、とにかくさっさと話題を変えなくちゃ。

「じゃ、じゃあ丸谷《まるや》はどっちがいいんだ？」

「私？　私もどっちでもいいけど……」

「まさかスポットライトの座を狙っているのか!?」

「ち、違うよぉ。私もどっちも得意ってわけじゃないから……」

得意ってわけじゃない……でも言い方的に苦手ってわけでもなさそうだ。

だって丸谷は勉強でも運動でも、なんでもそつなくこなせる。そんな彼女はきっとダンスでも演技でも上手《うま》くこなせてしまうのだろう。それなら――。

「ダンスと演劇。丸谷はどっちかっていうとどっちがやりたい？」

「……ダンス、かな」

俺の質問に、丸谷は少し悩んでから答えた。

「わかった。じゃあ俺はダンスに手挙げるわ」

「えっ、でも……」

「いいんだよ。俺は本当にどっちでもいいし、それなら友達がやりたいことに協力すべきだろ？」

「……ありがとう、小川《おがわ》くん」

丸谷はお礼を言ってくれたけど、俺にとって彼女は大切な友達の一人だから当然のことだ。彼女がいなかったら、今でも俺はずっと学校で独りぼっちだっただろうし。

……彼女には本当に感謝している。

その後、服部《はっとり》くんが言った通り多数決が始まって、俺と丸谷はダンスに手を挙げた。するとと他のクラスメイトの大半もダンスに手を挙げて──俺たちの出し物はダンスに決まった。その瞬間、俺と丸谷はこっそり二人で喜び合った

お互い口下手だからちょっとでも大声出して、みんなに注目とかされたら嫌だからな。まあそもそも二人とも大声なんて出ないいんだけど。

「では、次にダンスのセンターを決めたいでござる」

服部くんはまだホームルームの時間はあるから、ついでにセンターを決めたいと話し始めた。もし立候補者が複数人いた場合は、後日オーディションで決めるらしい。

さすが服部くん、進行が上手いでござる。

「センターをやりたい人はいないでござるか？」

服部くんがみんなに訊《たず》ねる。センターなんてどうせクラスで人気があるやつとか、目立ちたがりの運動部のやつとかがやるだろ。こういう時、大体そうだし。

そう思っていたんだけど……どれだけ経《た》っても誰もセンターに立候補しなかった。

「い、いないでござるか？」

これにはさすがの服部《はっとり》くんも困惑している。……本当にいないのか？

「健斗《けんと》はやらないの？」

女子生徒の一人が訊《たず》ねた。そ、そうだよ。このクラスには人気者でサッカー部のエースの松本《まつもと》くんがいるじゃん。彼がセンターをやるに違いない。……しかし。

「あームリムリ。俺、大会近いし、ダンスの練習とかしてる暇ねーからさ」

松本くんはすまん、みたいな感じで両手を合わせた。次に服部くんが運動部を中心に訊《き》いていくけど、みんな松本くんと同じように大会が近いらしく、断られてしまった。

「セ、センターをやってくれる人はいないでござるか？」

慌てた様子でもう一度みんなに訊ねるが、やっぱり誰も手を挙げない。

そりゃそうだ。俺がこんなことを言うのもあれだけど、残ったクラスメイトたちは自ら進んでセンターをやりたがるようなやつらじゃない。

……そう。このクラスにはセンターをやりたい人は一人もいない。

逆を言えば、いまこの瞬間誰かが手を挙げたら、その人が文化祭のダンスのセンターに決まるということだ。

手を挙げさえしたら、誰でもセンターになれる——俺でも。

……いやいや、何を考えてんだよ。俺なんかがセンターで踊れるわけないだろ。

そもそもダンスなんて、ほとんど経験ないし。たとえセンターじゃなくても失敗するに決まってる。だから大人しくスポットライトをやろうって決めたんだろ。

なんなら本当にスポットライトすら、まともにできないかもしれないし。

それなのにセンターなんて……。

——だけど、想像してしまう。

もし自分がセンターをやって、もし上手《うま》く踊れて、もし沢山の歓声とかを思い切り浴びることができたら——。

それは僅かの間だけでも〝特別〟になれたってことじゃないのか？

「最後にもう一度訊くでござるが、本当にいないでござるか？」

服部くんが懇願するように訊ねるが、やはり誰も手を挙げない。それどころかクラスメイトたちは誰かがやれよ、とばかりに周りをチラチラと見始めた。

こんな状況で俺が手を上げたら、絶対にセンターになれる。

「お前が⁉」とか「誰だよお前」とか思われそうだけど……センターになれる！

そして、何もない俺が〝特別〟になれる大きなチャンスを得られる！

——でも。

「……わかったでござる。センターは一旦保留にしておくでござる」

結局、俺は手を挙げられなかった。

途中までは挙げようと思っていた……けど、やっぱり無理だった。

昔からずっとこんな風に挑戦して、失敗し続けてきた。

バスケも、手芸も、友達作りも――他にも色んなことを失敗し続けてきたんだ。

……だから、恐《こわ》い。これ以上、失敗をするのが。

もし次に何かを失敗してしまったら……たぶん耐えられない。

「小川《おがわ》くん、顔色悪そうだけど……大丈夫？」

不意に、丸谷《まるや》に心配されてしまう。

「えっ……だ、大丈夫だよ。スポットライトの座を他のやつに取られないかちょっと心配になってただけだって」

「そんなにスポットライトに執着ある人はいないと思うけど……」

「だ、だよな！　じゃあスポットライトは俺のもんだぜー」

俺は誤魔化《ごまか》すように適当な言葉を連ねる。

そうさ。これでいいんだ。文化祭はスポットライトとか裏方をやって、他のやつらの邪魔にならないようにするんだ。

だって俺は〝特別〟にはなれないって、ずっと前にわかっているんだから。

◇◇◇

一日が終わって、放課後を迎えた。部活や委員会に向かう生徒たちがいる中、俺はいつも通り帰宅するために教室で支度を整えていた。

「お、小川くん。ちょ、ちょっといいかな？」

すると、丸谷に声を掛けられた。なんかいつもより緊張している様子だ。

「どうかしたか？」

「そ、その……わ、わた、わたた——」

「ほ、本当にどうした？　大丈夫か？」

急にわたわた言い出した丸谷が心配になって訊《き》く。

「う、うん、大丈夫。えっと……わ、わた、わた——」

またわたわた言い出した丸谷。これは……頑張って何かを伝えようとしてくれているけど、どうしても上手《うま》く言葉にできないって感じだな。

わかるぞー。そういう時ってあるよな。俺もよくある。特にクラスカーストトップ層のやつが勝手に俺の席に座ってる時とか。どいて欲しいけど強くは言えなくて「あっ…いう…えお」って五十音を全部言ってしまいそうになる。

だからこんな時にすべきは、相手がちゃんと話せるようになるまで待ち続けること。

俺はいつまでも待つからな。ゆっくりでいいぞ丸谷《まるや》。

そうしてじっくり待っていると、ついに丸谷が伝えてくれた。

「わたっ――めっ！」

……わたあめ？


「すごい噛《か》み方してたなぁ」

帰り道。駅に向かうために街を歩きながら、俺は先ほどの丸谷を思い出していた。

「ご、ごめんなさい……」

それに対して、隣を一緒に歩いている丸谷が申し訳なさそうに謝ってくる。

「い、いやいや。俺だって喋《しゃべ》っていて噛むことなんてしょっちゅうだし。この前なんて母親の前で間違ってギャル語使っちゃったからな。つーか、俺の方こそ余計なこと言ったわ……すまん」

自分のせいで丸谷が落ち込んでしまって、必死にフォローしたり謝ったりする。

しまったぁ。まじで余計なこと言わなきゃよかったぁ。

「……小川《おがわ》くんってギャルだったの？」

「違うよ!?」

そうツッコむと、くすりと笑ってくれる丸谷。……良かった、元気になったみたいだ。

「でも、なんで急に一緒に帰ろうだなんて」

「ひょっとして嫌だった？」

「友達に一緒に帰ろうって言われて、嫌なわけないだろ」

でも今まで丸谷と一緒に帰った時は、全部俺から誘っていた。というか、彼女の場合は誘うってことはせずにチラチラとこっちを見てくるんだ。

だから俺が一緒に帰りたいと思っている時も彼女が一緒に帰りたいと思っている時も、全て俺の方から誘っている。

それなのに、今回は彼女の方から誘ってくれたんだ。もちろん嬉《うれ》しいけど、なんでか気にはなる——と思っていたら、すぐに答えがわかった。

「お、小川くんさ。その……ダンスのセンターに立候補しようとしてたよね？」

唐突に丸谷が訊《たず》ねてきた。……あぁ、そういうことか。

「何言ってんだよ。俺がセンターなんてやろうとするわけないだろ？」

「ううん、嘘《うそ》だよ。だって小川くんが手を挙げようとしてるところ私は見てたもん」

「……見てたのかよ」

まあ隣の席だし、見ようとしなくても目に入るか。

「私ね……その、小川くんがセンターするのすごく良いと思う」

「良くねぇよ。運動ができない俺がやったって絶対に失敗するに決まってる」

「ダンスって、運動とか関係ないって聞くよ？」

「だとしても、俺は何やったってダメなやつなんだよ」

「そんなことないよ。私は小川《おがわ》くんをダメな人なんて思ってないよ。だから……やってみようよ、センター」

俺がいくら否定的な言葉を並べても、丸谷《まるや》はめげずに説得しようとしてくる。

「……なんでそんなに俺にセンターをやらせたがるんだよ」

気になって訊《たず》ねると、丸谷はそんなの決まってるよ、とばかりにこう言ったんだ。

「だって、友達がやりたいことに協力したいから」

そうして彼女は励ますように笑ってくれる。

なんだよそれ……今日、俺が言った言葉とほぼ同じじゃんか。

正直、丸谷の気持ちはものすごく嬉《うれ》しいし、ありがたい。心はかなり揺れている。

小学生の頃や中学の途中までだったら、いまの言葉で懲りもせずにまた挑んでいたかもしれない。

「……ごめん。やっぱり無理だわ」

でも、いまの俺は過去に経験した失敗の数が多すぎる。

挑戦したいという気持ちより、失敗したらどうしようという恐怖が圧倒的に勝ってしまっている。

そんな俺はもう何かに挑むことなんて。〝特別〟を目指すことなんて――。

「大丈夫だよ！」


刹那、丸谷は俺の前に立つと、今までに聞いたことがないくらい大きな声を出した。

そのせいで驚いた周りの人たちが一斉にこっちを見てくる――が、そんなこと気にもせずに彼女は両手で俺の手をぎゅっと強く握った。

「その……絶対に失敗しないように私もサポートするから！　だから大丈夫だよ！」

続けて、彼女はまた大きな声で一生懸命に勇気づけてくれる。

大丈夫だよ――と、いつもの彼女の言葉で。

「……丸谷」

そんな彼女はちょっと泣きそうになっていた。

彼女みたいな人が、あんなにも大きな声を出すなんてきっと相当な勇気を出したはずだ。

それだけで、こんな俺のために必死になってくれていることは伝わってくる。

……それなのに俺はこのままでいいのか？

友達が勇気を振り絞っているのに、俺は恐《こわ》がったままでいいのか？

それに何より俺は本当に〝特別〟になれないままでいいのか？

──嫌に決まってる！　やっぱり何もない俺だって〝特別〟になりたい！

「……わかった。丸谷《まるや》がそこまで言ってくれるなら、センターをやってみるよ」

「ほ、本当……？」

「あぁ、本当だよ」

俺が安心させるように言うと、丸谷はほっとしたのかその場でしゃがみ込んでしまった。

こんなに心配してくれていたのか……やっぱり丸谷は優しいな。

「ありがとな。俺、頑張るわ」

「……うん。私も頑張ってサポートするね」

丸谷は落ち着いたのか、立ち上がると笑ってそう言ってくれた。

この時、また丸谷と友達で良かったたって思った。俺はあと何回彼女と友達で良かったたって思うんだろう……きっと数えきれないだろうな。

「あのさ丸谷。その……手をさ──」

「……手？　あっ！」

ずっと繋《つな》がりっぱなしの二人の手を見て、丸谷は顔を真っ赤にする。

一方、俺も顔が熱くなっているから、きっと彼女と同じくらい赤くなってると思う。

そんな二人を周りの人たち――特に大学生くらいのカップルや老夫婦が「青春ねぇ～」みたいな感じで微笑《ほほえ》みながら眺めていた。

……や、やめろ。俺と丸谷はそういう関係じゃないんだよ。

「ご、ごめんなさい」

「あっ……いや、謝らなくていいよ。その……嬉《うれ》しかったから」

「っ！　……そ、そっか」

なんか恥ずかしくなって、お互い目を合わせられなくなる。

それに周りの人たちが、なぜかパチパチと手を叩《たた》いた。……本当に勘弁してください。

「……俺さ、本当に頑張るから」

「うん。私もものすごく頑張って協力する。だから二人で一緒に頑張ろうよ」

丸谷は俺のことを安心させるようにまたさっきみたいに笑ってくれた。

今まで俺は何かに挑戦する時、ずっと独りだった。

でも、今回は違う。

友達と一緒なら――ううん、丸谷と一緒なら何もない俺でも今度こそ〝特別〟になれるかもしれない。

この時、俺は心の底からそう思ったんだ。

◇◇◇

翌日。一日経《た》って思い直した人もいるんじゃないか、という服部《はっとり》くんの提案で放課後の時間を少し使って再びダンスのセンターを決めることになった。

「では訊《き》くでござる。この中にセンターをやってくれる人はいないでござるか？」

服部くんが訊《たず》ねるけど、教室はしんと静まったまま。

やはり誰も手を挙げる人はいなかった。

前と同じだ。いま手を挙げたら絶対にセンターになれる。そう思いつつも、緊張で鼓動は段々と速くなっていて、両手は震えていた。

その時、俺は自然と隣を見る。

すると、丸谷《まるや》が「頑張れ」って小さい声で言ってくれた。

そうだ。今回は独りじゃない。だから大丈夫だ。

きっと何もない俺だって〝特別〟になれる。

「今回も本当にいないでござるか？」

そうして服部くんがもう一度訊ねた時。

「はい。その……俺やります」

俺は手を挙げて、言った。

直後、クラスメイトたちが一斉にこっちを見てから「お前が？」みたいな予想していた通りの顔をする。唯一、嬉《うれ》しそうにしてくれたのは丸谷だけだ。

「えっと……小川《おがわ》くん？　がやってくれるでござるか？」

「……はい、俺がやります」

驚いた服部くんが確認すると、俺はもう一度、今度ははっきりと答える。

それに教室は「こいつで大丈夫なのか？」みたいな空気になる。……まあ当然か。

「あーしは、卍《まんじ》賛成ー。やる気ある人がやった方がいいっしょ」

すると、まさかの詩音《しおん》さんがフォローしてくれた。相変わらずギャル語の使い方は違う気がするけど……。

「拙者も押し付け合いで決めるより、やりたい人がやってくれた方が助かるでござる」

次に服部くんもそんな風に言ってくれる。

「みんなも異論はないでござるな？」

服部くんが訊ねるが、誰も文句を言う人はいなかった。……良かった。

「じゃあダンスのセンターは小川くんで決まりでござる」

そして、俺が文化祭のダンスのセンターに決まったんだ。

「ダンスの練習の担当をするのは、あーしだから。シクヨロね～」

センター決めの話し合いが終わったあと。すぐにダンスの初練習が始まった。

ダンスの指導をしてくれるのは、まさかの詩音《しおん》さんだった。勉強に加えて、ダンスもかなり得意らしい。……なんでも出来すぎだろ。

「あーしの指導は卍厳《まんじ》しいからね～。ぽよ覚悟しといて～」

教室にいるクラスメイトたちに忠告しておく詩音さん。ちなみにダンス練習の参加者は部活生や用事がない生徒だけなので、人数は十人くらい。まあ初日はこんなもんだ。

去年と同じなら、文化祭が近づくにつれて段々と増えていくと思う。

そうしてダンス練習が始まったが、詩音さんは全体に序盤のダンスの踊りを見せると、とりあえず良い感じにできるようになるまで自主練してわからないことがあったら聞いてと指示を出し、早々にセンターの俺のところにやってきた。

「あんた——小川《おがわ》ぽよだっけ？　はセンターだし、どんくさそうだから個別であーしが教えるから～」

「は、はい……」

丸谷《まるや》以外の人に話しかけられて萎縮する俺。……他の人の名前にもぽよ付けるんだ。

「……で、隣にいるあんたは？」

詩音さんがちらりと俺の隣を見ると、そこには丸谷がちょこんと立っていた。

「私は、その……小川くんのお助け役なので小川くんと一緒にダンスを覚えます」

それを聞いて詩音さんは「お助け役？」と少しだけ怪訝《けげん》な顔をする。

「……まあいーや。とりあえずあーしが踊るのを見て二人ともちゃんと覚えてね。特にセンターのあんた」

「は、はい！　りょ、了解です……！」

その後、詩音さんによるスパルタレッスンが始まった。

だが――。

「……やっぱりどんくさいし」

詩音さんは微妙な表情で俺の方を見ていた。彼女が踊っているところを必死に真似《まね》しようとしたり、彼女の指導をちゃんと聞いてはいるものの、なかなか上手《うま》く踊れない。

しかし、詩音さんの心境はともかく、俺が思ったことは全然違った。

――これ、意外とイケるかも！

バスケの時も、手芸の時も、友達作りの時も。なんだって上手くいきそうな気配すらなかった。手芸をやった時なんて部屋から追い出されたからな。

……でも、今回は違う。

確かにいまは上手くいってないけど、全く話にならないってほどでもない。

めちゃくちゃ練習したら、普通に踊れるくらいにはなるんじゃないのか。

そんな感覚が俺の中にあった。

「小川《おがわ》くん、大丈夫……？」

色々考えていると、丸谷《まるや》がいつもみたいに心配してくれた。彼女の方は、既に序盤のダンスはある程度踊れている。やっぱり丸谷はなんでも上手《うま》くこなせるんだなぁ。

「大丈夫、大丈夫！　むしろテンション上がってきたわ！」

丸谷にそう伝えると、次いで俺は詩音《しおん》さんに視線を向ける。

「詩音さん、もう一回踊り見せてもらえないかな？　お願いします！」

「なんで急にやる気になってんの!?　でもあーしはやる気あるやつは好きだけどね！」

「わ、私も小川くんの指導ができるようになるくらい頑張ります！」

「いいね～！　そうしてくれたら、あーしも他の子見れるし助かるわー」

それから俺は詩音さんの指導を受けつつ、最終下校時間になるまでダンスの練習を続けた。家に帰ってからも秀也《しゅうや》や両親の邪魔にならないように、静かにステップを踏みながら自主練もした。

それを毎日繰り返していると、初日は上手くいかなかったダンスも、日に日に少しずつだけど踊れるようになっていったんだ。

そうしてダンス練習が始まってから二週間が経《た》った頃――。

「いち、にー、さんし！　いち、にー、さんし！」

教室でカウントを数えるのは詩音《しおん》さん――ではなくて、丸谷《まるや》だった。

彼女はもう全てのダンスを覚えてしまって、宣言通り今では詩音さんが他の生徒を指導している間は丸谷が俺のダンスのコーチになってくれている。

そんな丸谷コーチのカウントに合わせながら、俺はダンスを踊っていく。

もう後半部分に入っているが、いまのところ大きなミスはない。

「あとラストの部分だけだよ！　小川《おがわ》くん、頑張って！」

丸谷からエールが送られて、俺は緊張感を切らさないようにステップを踏み続ける。

そして――不格好ながらも最初から最後までダンスを踊り切ったんだ！


「……やった」

まず一つ、自身にだけ聞こえるように言葉を呟《つぶや》いた。

「やったぞぉぉぉぉ!!」

次に初めて何かをやり遂げた喜びが溢《あふ》れて、思い切り叫んだ。

正直、周りの人たちにとっては、めちゃくちゃうるさかったと思う。

「すごい！　すごいよ、小川くん！」

「いや丸谷が先にダンス覚えてくれて、指導してくれたおかげだよ！」

「えっ！　わ、私は何もしてないよ……！　全部小川くんが頑張ったからだよ！」

「いやいや、丸谷のおかげだよ！」

二人で盛り上がっていると、肩をツンツンされた。犯人は詩音さんだ。

「ちょっとー。小川ぽよ、一番はあーしのおかげでしょー」

「そ、そうだった！　詩音さん、まじでありがとう！」

「まあ卍《まんじ》当然って感じー」

詩音さんはピース＆ウィンクしてくれた。また適当なギャル語を使っているけど、たぶん喜んでくれているんだと思う。

よーし！　これで本番でも上手《うま》くいけば本当に俺は〝特別〟に――と思っていたら、急に周りでダンスの練習をしていたクラスメイトたちが俺を取り囲んだ。な、なんだ⁉

「小川、すげぇな！」「よく頑張ったな！」「めっちゃ応援してたよー！」「小川くん、すごい練習してたもんね！」「努力の賜物《たまもの》でござる！」「本番も頼むぜ！」「この先何か困ったことがあったら言えよ！」「まじで尊敬するわ！」

そんな風にクラスメイトたちが次々と声を掛けてくれる。どうやらみんな俺のことを応援してくれているみたい。めっちゃ嬉《うれ》しい！　けど、どうして突然……？

「みんな、小川《おがわ》くんが頑張ってるところずっと見てたんだよ」

疑問に思っていると、丸谷《まるや》がこっそり耳打ちしてくれる。

そうだったのか、ダンスを覚えるのに必死で気づかなかった……。

「ありがとう！　みんな！」

そう伝えると、みんながまたエールを送ってくれる。

なおさら本番は失敗しないようにしないとな……！

「小川くん、文化祭当日も一緒に頑張ろうね！」

丸谷が笑ってそう言ってくれる。

一緒に……うん、丸谷と一緒ならきっと頑張れる気がする！

「そうだな！　一緒に頑張ろう！」

俺は言葉を返したあと、文化祭に向けて練習を再開した。

丸谷が一緒にいてくれるなら、何もない俺でもきっと〝特別〟になれる！

◇◇◇

しかし翌日、高熱が出て俺はダンスの練習が一切できなくなった。

「……寒い」

熱が出てから二日目。酷《ひど》い時よりはマシにはなったけど、熱はまだあるし体はダルい。

さっき一回無理やりダンスの練習をしようとしたけど、よろけてすぐに倒れてしまった。

もはや練習にならないし、さっさと体を治してしまった方が良さそうだ。

……文化祭まで一週間切ってるのに、俺は何やってんだろ。

「調子はどう？」

母さんが自室に入ってきて訊《たず》ねてくる。

「……ぼちぼち」

「秀也《しゅうや》はめったに風邪なんかひかないのに、優輝《ゆうき》は体が弱いわねぇ」

母さんは呆《あき》れたように言葉に出す。

えーと、こんな時にまで優秀な弟の話をしないでもらえますかね。

「じゃあ私はちょっと買い物行ってくるから。なんか欲しいものある？」

「……別にない」

俺が答えると、母さんは「そう」とだけ言って部屋を出て行った。

母親ならもう少し心配とかないのかよ……と思ったけど、母さんが言った通り、昔から
俺は風邪をひきがちなので、こういう状況に慣れているだけなのかもしれない。

「みんな、今頃練習してるんだろうなぁ」

いまはちょうど放課後の時間。クラスメイトたちはダンスの練習を頑張ってるに違いない。……そう考えると、なんか申し訳ないな。

そんなことを思っていたら、不意にドアをノックされる。

……母さんが戻ってきたのか？　普段はノックなんてしないのに。

「なに？　俺にまだ言い忘れてたことでもあったの？」

俺が訊《たず》ねると、言葉が返ってくる代わりにドアが開いた。

すると、部屋に入ってきたのは母さん——ではなかった。

「お、お邪魔します……」

「丸谷《まるや》!?　どうしてここに……!?」

こっちは混乱しているのに、グイグイ部屋の奥に侵入してくる丸谷。

あっ、意外とそういうの気にしないタイプなんだ……って、そうじゃなくて！

「どうして丸谷が俺んちに来てるんだ？　というかなんで俺んちを知ってるんだ？」

二つ訊ねると、丸谷は「えっ、あっ……」と戸惑ってしまう。

しまった。俺や丸谷みたいなコミュニケーション不得意人間は同時に二つ以上の質問をすると、一時的に頭がパンクしちゃうんだった。

「そ、その……先生から小川《おがわ》くんの家の住所を教えてもらって」

「先生って、グラサン先生か？」

それにこくりと頷《うなず》く丸谷。

「……そっか。じゃあ休んでいる間に配られたプリントでも届けに来てくれたのか？」

「それもあるけど……小川くんが体調崩したって聞いてたから、すごく心配で来たの」

「えっ……そ、そっか。……ありがとう」

お見舞いも兼ねて来てくれたって聞いて、少し動揺してしまった。友達がお見舞いに来てくれたことなんて、人生で一回もなかったから。……でも、めっちゃ嬉《うれ》しい。

「……体調、大丈夫？」

「大丈夫、大丈夫。明日にでも復活できるくらい……ゴホッ、ゴホッ」

「うわわ!?　む、無理しちゃダメだよ!?」

起き上がって元気アピールしようとしたけど、咳《せき》が出てしまって丸谷に止められる。

……あんまり丸谷に心配させたくないのに。

「そんなに焦らなくてもいいんだよ。クラスのみんなも小川くんのこと待ってるからゆっくり治して」

「……でも、もし治らなかったらみんなに迷惑がかかるし。それに――」

それに何もない俺にようやく訪れた〝特別〟になれるチャンスが――。

「大丈夫だよ。小川くん、すごく頑張ってたんだもん。きっと治るよ」

「……そうかな？」

こういう時、なんとなくだけど詩音《しおん》さんとか服部《はっとり》くんとか、秀也《しゅうや》とかそういう人たちなら文化祭前にちゃんと治るんだと思う。彼らにはそれだけの価値があるから。

……でも俺なんて。

「絶対に治る。だから大丈夫だよ」

丸谷《まるや》は真っすぐにこっちを見つめて、言い切ってくれる。

そんな彼女の言葉には、不思議と安心感があった。

「……わかった。丸谷がそう言ってくれるなら信じる」

「うん、信じて」

丸谷は優しく笑ってくれた。センターに立候補しようって言ってくれた時もそうだけど、彼女の笑顔には本当に励まされる。

それから二人で少しだけ他愛《たあい》のない話をしたあと、丸谷に風邪が移ると困るから彼女には帰ってもらった。……本当はもう少し話したかったけど。

だけど少しの間でも彼女に会えたおかげで、体調はまだ悪いが気持ち的にだいぶ元気が出た。そして俺は——文化祭までには絶対に治す！　そう心に誓ったんだ。

◇◇◇

療養することに専念して数日が経《た》ち、文化祭前日。

ギリギリのところで俺の体調は完全に回復した。

朝、平熱に戻ったことを確認すると、俺は急いで支度をして家を出た。

体調が戻ったことは嬉《うれ》しいけど、ひょっとしたらまた踊れなくなっているかもしれない。

そんな不安もあった。だから、一秒でも多くダンスの練習をしないといけない。

俺は駆け足で駅に行き、電車で学校へと向かう。

くそ、学校までってこんなに時間かかったっけ。そんな焦る気持ちが強くなる。

……いや、落ち着け。もし踊れなくなっていたとしても、一度はちゃんと踊り切れるようになれたんだ。きっちり復習したらまた踊れるようになる。

『大丈夫だよ』

そう。俺は大丈夫だ。大丈夫、大丈夫。

丸谷がいつも掛けてくれる言葉を思い出しながら、俺は心を静めた。

学校の最寄り駅に着くと、走って登校している同じ制服の生徒たちを通り過ぎていく。

それから数分で校舎に着くと、靴を履き替えて教室に向かった。

丸谷はみんな待ってるって言ってたけど、本当だろうか。

もしそうだったら……嬉しいな。

教室に近づいていくと、ダンスの曲が聞こえてくる。きっと練習をしているに違いない。

なら俺も急いで合流しないと！

そう思いながら、俺は教室の戸を開けた。

「ごめんみんな！　やっと風邪治った――？」

案の定、教室ではクラスメイトたちがダンスの練習をしていた。

文化祭前日だからか、クラスメイトのほとんど全員での全体練習。

……だが、俺にとってはちょっとおかしな光景が目に映っていた。

センターでは、クラスで一番の人気者の松本《まつもと》くんが踊っていた。

しかも、俺よりも圧倒的に上手《うま》く完璧に踊れている。

……なんで？　そんな疑問が俺の頭の中を駆け巡る。

センターは俺じゃないのか？　ひょっとしてセンターは松本くんに代わってしまったのか？　……で、でも、彼は部活の試合があるからってセンターを嫌がってたのに。あっ、そ、そうか。俺がいないから練習の時だけセンターで踊ってくれているのか。センターがいないと全体練習とかできないもんなぁ。そっか、そっか――。

「健斗《けんと》、イイ感じだな！」「やっぱり健斗はなんでもできるな！」

男子生徒の二人が松本くんにそんな言葉を口にする。すると、他の生徒たちも松本くんは上手い、松本くんはセンスある、松本くんは――と盛り上がる。

ダンスの曲に俺の声が消されたのか、ダンスに集中していたからか、みんな俺が教室に入ってきたことには気づいていなかった。

「これならセンターなんて余裕だね！」

そして、女子生徒の一人が松本くんに期待するように言った。

……松本くんがセンター。

「さっき初めて練習したけど、意外と余裕だったわ」

松本くんも女子生徒の言葉を否定しない。

さっき初めて踊った⁉　あんなに上手いのに……⁉

「ちょっと、まだ松本ぽよがセンターって決まったわけじゃ――って、小川《おがわ》ぽよじゃん！」

詩音《しおん》さんがようやく俺に気づくと、クラスのみんなが一斉にこっちに振り向く。

普段ならこんな大勢の人に見られたらパニックになるけど、いまはそんなことを考えている場合じゃなかった。

「……あ、あのさ。松本くんがセンターやるの？」

「えっ……あぁ、もし小川ぽよが体調が悪くて文化祭来られなかったらね？」

恐る恐る訊《たず》ねると、詩音さんが少し驚いたあと答えてくれた。

「そうだぜー。みんなに頼まれてな、お前がいなかったら俺がセンターやることになってたんだけど……これならセンターやんなくて済みそうだな」

松本《まつもと》くんがニカッと笑う。彼は特にセンターにこだわってはいないみたい。

「えっ、小川《おがわ》、戻ってきたのか……」「じゃ、じゃあ小川くんがセンターだよね」「お、おう。そうだな」「あんだけ練習してたしな……」「その……小川、頑張れよ」「そ、そうだぜ。応援してるぞ」「小川くん……その、センター頼んだよ」

みんなもそうやって応援してくれる。センターで頑張れって。

……でも俺にはわかってしまった。クラスメイトたちの表情は、本当は松本くんがセンターの方が良いんじゃないかって、そう語っている。

不格好でかろうじて踊れている俺なんかよりも、カッコよくて完璧に踊れている松本くんの方がやっぱりセンターに相応《ふさわ》しいんじゃないかって。

……もしこのまま俺がみんなの温情でセンターで踊ったとしよう。

それでなんとかダンスを踊り切って、観《み》ている人たちの声援を浴びたりしたとしよう。

果たして、それは俺がずっと憧れていた〝特別〟なんだろうか？

……違う。俺が欲しかった〝特別〟はそんなものじゃない。

そもそも他人の優しさで貰《もら》ったものなんて、そんなの〝特別〟だなんて言えないだろ。

「……俺さ、センター辞めるわ」

唐突に言い出すと、みんながざわつく。

「ど、どうして⁉　小川ぽよ、急に何言ってるし⁉」

「実はさ、体調がまだ完全に戻ってなくて……松本くんがセンターやってくれないかな」

慌てている詩音《しおん》さんに説明すると、松本くんに目を向ける。

「本当にお前が体調悪いなら、俺はいいけど……」

「じゃあお願いするね。……気分が悪くなってきたから、俺は帰るね」

俺はそう告げると、この場にいるのが耐えきれなくなって教室から飛び出した。

「小川くん！」

最後にようやく丸谷《まるや》の声が聞こえた。……友達にかっこ悪いところ見せちゃったな。

それから離れていく教室から何回か丸谷の声が聞こえたけど、俺は足を止めることはしなかった。

◇◇◇

「……明日の文化祭、どうすっかなぁ」

昇降口にて。俺は靴を履き替えながら呟《つぶや》いた。ちょうど一限目が始まった時間で、周りには誰もいない。……とりあえず先生に見つかる前に、校舎から出ないとな。

「小川《おがわ》くん！」

不意に、よく聞き覚えのある声が聞こえる。

「丸谷《まるや》……!? お前、授業は？」

「じゅ、授業よりも……小川くんの方が大事だから……」

ここまで走ってきたのか、丸谷は息を切らしながらそう言ってくれる。

……丸谷は本当に嬉《うれ》しい言葉ばかりくれるよな。

「あの……どうしてセンター辞めるなんて」

「言ったろ？ 体調が悪いんだよ」

「……じゃあなんで学校に来たの？」

すぐさま丸谷に問われて、俺は言葉に詰まった。

クラスメイトたちがどう思っているのか知らないけど、彼女はきっと気づいている。

ちゃんとした理由はわかっていないだろうけど、少なくとも体調不良が原因で俺がセンターを辞めるって言い出したんじゃないってことを。

「今ならまだ間に合うよ。一緒にセンターをやるって言いに行こうよ」

「……もういいんだよ」

「どうして？　その……確かにさっきは松本《まつもと》くんがセンターってなっていたけど、それは小川くんがいなかったらって話で……小川くんがいるならセンターは小川くんでもいいよってみんな言ってるよ」

「俺〝でも〟いいよ……か」

俺の言葉に、丸谷はしまったという顔を見せる。

必死に説得しようとしてくれているのは見てわかるから、きっと焦ってクラスメイトの言葉をそのまま言ってしまったんだろう。

「丸谷、俺〝でも〟じゃあ意味がないんだよ……」

だって、それじゃあ俺の代わりはいくらでもいるってことだから。

代わりがいる存在を〝特別〟だなんて言えるわけないだろ……。

「……やっぱり俺は帰るわ」

「っ！　ま、待って小川くん。せっかくここまで頑張ってきたんだよ。文化祭でセンターで踊ろうよ」

「だから、もういいって言ってるだろ？」

「よ、よくないよ。さ、さっきのは言葉の綾《あや》みたいなもので……クラスメイトのみんなだって、頑張って練習してた小川くんのセンターを見たいってきっと思ってるよ。……あっ、ひょっとして今まで練習できなかったことを心配しているの？　それなら今日、私がずっと練習に付き合うから。もし踊りができなくなっていても、できるようになるまでずっと一緒にいるから。だから大丈夫——」

「大丈夫じゃないんだよ‼」

声を荒げて言い放った。それを聞いて、丸谷《まるや》は黙るどころか怯《おび》えてしまっている。

……やっちまった。

「ごめん。いきなり大声出して……でも、俺はもう全然大丈夫じゃないんだ」

絞り出すような声で伝えると、俺は履き替えた靴を下駄箱《げたばこ》に入れた。

「丸谷、また明日な……文化祭、行くかわかんないけど」

そうして俺は校舎から出て、丸谷と別れた。

人生で初めて友達に酷《ひど》いことを言ってしまった。……最悪だ。

◇◇◇

校舎を出たあと。俺は一度自宅に帰ったけど家の中には入らず、持ち歩いている自転車のカギを使い母さんにバレないように自転車に乗って、いつも休日に行っている廃れた神社に来ていた。最悪な気分を少しでもマシにしたくて、タマに会いに来たんだ。

「……いないか」

しかし平日だからか、普段いるボロボロの拝殿にタマの姿はない。実はたまに放課後にも神社に来たりするんだけど、その時もタマはいたりいなかったりする。

まあタマもそんなに暇じゃないってことだろう。

つーか、落ち込んでいる時にキツネを頼りにするなんて……俺って超ダサいな。

その後、俺はいつものように石段に適当に腰を下ろした。

いま帰ったら母さんに「なんで帰ってきたの？」って問い詰められるし、ここに来る道中で爺《じい》ちゃんの家を覗《のぞ》いたけど、爺ちゃんは同僚に囲まれてやたら忙しそうだった。

どうせ他に行くあてもないんだ。だったらここでタマを待っていたい。

「……文化祭、行かなくていいよな」

タマを待っている間、明日のことを考える。

センターじゃないなら休んでも迷惑はかからないし、それに教室でセンター辞める宣言してから勝手に飛び出してきて……いまさら一緒にダンスを踊るなんてできないよな。

そんなことを考えていたら、不意に近くの茂みからガサガサと音が鳴る。

ひょっとして……と思いながら、音が鳴った茂みに近寄ると、

「クゥーン！」

「タマ！」

タマは勢いよく現れると、俺に突撃しようとする――が、途中で止まった。一緒に過ごしているうちにタマも俺のことを直接触っちゃいけないと理解したからだ。

「どこ行ってたんだよ～」

「クゥン！」

「なるほど、なるほど……さっぱりわからん」

いつもみたいなやり取りをしたあと、俺とタマは一緒に石段に座る。

今回はスモモを持ってきていないから、神社がある森の通り道で拾ってきた木の実をタマにあげた。この森の木の実もタマの大好物だ。

「あのさタマ。俺はやっぱり〝特別〟にはなれないみたいだよ」

木の実を食べているタマにそう切り出すと、俺は文化祭のダンスでセンターに立候補したこと。意外とダンスが踊れてひょっとしたら文化祭でセンターを踊り切れるかもしれなかったこと。しかし結局〝特別〟になれないことがわかってセンターを辞退したことを話した。……冷静に振り返ったら、俺ってクソ自己中だな。

だけど――。

「なあタマ、ちょっと長い話をしてもいいか？」

そう訊《たず》ねても、タマは木の実に夢中だ。……まあ言葉わかってないんだから当然か。

いま話していた時だって、ずっと木の実食ってたし。

……でもそれが丁度いい。言葉がわかる人にはきっとこんなことは話せないから。

そう思いながら、俺は話し始めた。


『小川《おがわ》くんはもっと他のことをやった方がいいと思うな』

小学三年生の頃。どうしても〝特別〟になりたくて、少年バスケのチームに入団してから一ヵ月。コーチに言われた言葉だった。

彼は優しく言ってくれたけど、要するに向いていないと伝えたのだ。一ヵ月で判断するなんて早すぎるかもしれないけど、それだけ俺の運動神経が絶望的だったんだろう。

これが俺の最初の挫折だった。

でも、スポーツが向いていないことはよくあるし、他のことにまた挑戦しようと、その時は前向きだった。

次は裁縫なら得意かもしれないと手芸クラブに入った。

『もう二度とここに来ないで』

入って一週間で同級生の女子にブチギレられた。

そりゃそうだ。行くたびに針で怪我《けが》をして、簡単な縫い方もできない。

その子からしたら邪魔者でしかないだろう。

でも、裁縫が得意じゃないこともよくあるし、また他のことに挑戦しようと、まだ前向きだった。

次は友達を沢山作ろうと、クラスメイトの趣味とか把握して話しかけようとした。

『声小さくてウザいんだよ。もっとはっきり喋《しゃべ》れよ』

コミュ障のせいで上手《うま》く話しかけられないでいると、クラスのリーダー的な男子にまたブチギレられた。

これも当然だ。何言っているかわからないような声で、知らないやつから何度も話しかけられたら普通にウザい。

でも、コミュニケーションが得意じゃない人だって世の中には沢山いるし、また他のことに挑戦しようと、まだまだ前向きだった。

そうして俺は、次は——を繰り返した。

何度失敗しても。

次は——。次は——。次は——。

何度失敗しても。

次は――。次は――。次は――。次は――。次は――。次は――。次は――。次は――。
次は――。次は――。次は――。次は――。次は――。次は――。次は――。次は――。

何度失敗しても。
次は――。次は――。次は――。次は――。次は――。次は――。次は――。次は――。
次は――。次は――。次は――。次は――。次は――。次は――。次は――。次は――。
次は――。次は――。次は――。次は――。次は――。次は――。次は――。次は――。
次は――。次は――。次は――。次は――。次は――。次は――。次は――。次は――。
次は――。次は――。次は――。次は――。次は――。次は――。次は――。次は――。

そして中学を卒業する頃には、当時思いつく限りの次は――がもうなくなってしまった。

そこでようやくわかったんだ。
俺には向いていることが何一つない。
何もない俺は〝特別〟にはなれないんだって。

だから文化祭のダンスのセンターだって、本当の意味では誰も俺にセンターになって欲しいなんて思っていない。

何もない俺の代わりなんていくらでもいる。

だったら、そんな俺って――。

「そんな俺ってさ、生きている意味あるのかな……」

情けない声と共に、悔しくて悲しくて涙が溢《あふ》れてくる。

別に死にたいわけじゃない。

……でも、生きている意味がわからないんだ。

いま呼吸をしている意味も。

いま心臓が動いている意味も。

いま全身に血が巡っている意味も。

俺がこの世界にいる意味がわからない。

自分で必死に考えても、どれだけ考えてもわからないんだよ……。

俺が〝特別〟になりたかったのだって、毎日が楽しくなりそうだからとか、本当はそんな理由じゃない。

自分が生きている意味を見出《みいだ》したくて、誰の代わりにもされない〝特別〟になりたかったんだ。

だけど、俺はどんなことをしても〝特別〟にはなれない。

じゃあ俺はなんのために生まれてきたんだよ……。


——誰か教えてくれよ。


「クゥーン！」

心の中で嘆いていると、不意にタマが鳴き声を出した。

驚いて見てみると、タマは尻尾を回していつも遊びでやっている風車をしていた。

しかも、今までで一番早い。

「すげぇなタマ。……でも疲れるだろそれ、無理しなくていいぞ」

そう言っても、タマは頑張って尻尾を回し続ける。

ひょっとして俺が落ち込んでいることを察して、励ましてくれようとしているのか？

「ありがとな、タマ。めっちゃ元気出たわ」

俺が伝えると、ようやくタマは風車を止めた。やっぱり俺のことを励ましていたらしい。

言葉はわからないはずなのに、一緒に過ごした時間が長いからかタマは俺のことをよくわかってくれる。

「クゥン！　クゥン！」

かと思いきや、タマは木の実を要求してきた。……まったくこいつは。

その後、俺はまだ持っていた残りの木の実をあげた。

タマは木の実を美味《おい》しそうにパクパク食べる。……タマには悩みとかなさそうだよな。

そう思いつつ、明日のことをまた考えてみた。

「……文化祭、やっぱり行くか」

センターを踊る気はない。それでもせっかくダンスを踊れるようになったんだし、一応両親や秀也《しゅうや》も来るからな。まあ母さんたちにはセンターをやるって伝えていないから、本番でセンターで踊らなくても何も言われないだろう。

もし前もって言っていたら両親には余計なこと言われそうだし、逆に秀也は嬉《うれ》しがって大騒ぎしそうだったからな。

……あとは明日、丸谷《まるや》にちゃんと謝らないと。

彼女はタマと同じように、俺のかけがえのない友達なんだから。

……上手《うま》く謝れるかな。

「クゥン！」

不安になっていると、タマがまた鳴き声を出した。今度は遊んで欲しいみたい。

自由気ままなやつだなぁ。こっちは明日どうやって丸谷に謝ろうか悩んでいるっていうのに……。

「でもまあ、タマのおかげで俺はまだなんとかなりそうだよ」

俺はタマの頭を撫《な》でようとするが、ギリギリで気づいて止《や》めた。

キツネに触っちゃいけないとか、面倒くさいよなぁ……まあしょうがないんだけど。

それから俺はタマと少し遊んでから、帰宅した。

今日は本当に最悪の日だったけど、タマのおかげでだいぶ勇気づけられた。

やっぱり、タマは最高の友達だな！


そうして翌日。文化祭に参加した俺はクラスメイトたちと一緒にダンスを踊った。

もちろんセンターではなく、端っこの方で。クラスメイトたちにはセンターで踊っていいんだよ、と言われたけど、俺は体調が万全じゃないから、と断った。

結局、センターで踊ったのは前日からの予定通り松本《まつもと》くんだった。

同日、俺は空いた時間を使って、丸谷に謝った。深く頭を下げてしっかりと。

丸谷はすぐ許してくれた、というか自分も悪いみたいに言ってくれて、すぐに仲直りはできた。……まあ悪いのは完全に俺だけどな。

ちなみに丸谷はクラスメイトたちとは違って、もうセンターを勧めることはしなかった。

きっと前日の俺を見て、色々察してくれたんだろう。

ダンスを踊り終わったあと、俺は一人で文化祭を回った。去年と一緒だ。

丸谷《まるや》とは友達だけど、さすがに女子と二人で回る勇気は俺にはない。それに万が一、誰かに変な勘違いをされたら、彼女に迷惑がかかるし。

そんな感じで文化祭が終わると、すぐに夏休みを迎えた。

長期休みは去年と同じように家でゲームしたり、爺《じい》ちゃんの家行ったり、タマと沢山遊んだりしよう——そう思っていた。

しかし、夏休みが始まって一週間。

俺は一回もタマと会えていない。

◆◆◆

あれは高校に入学してから、初めてのゴールデンウィークでの出来事だった。

高校に入ってからもちっとも友達ができず、一人で寂しく日々を過ごしていた頃。

母さんに買い物を頼まれて出かけていたら、車道の真ん中で歩いているキツネを見つけた。たまにこの辺にキツネって出るんだよなぁ……なんて呑気《のんき》に思っていたら、少し離れたところから車が一直線にそのキツネに向かっていた。

でもまあキツネが自分で避《よ》けるだろう、とあまり慌てずに見ていたんだけど、なぜかキツネは地面を向いていて避けるどころか車に気づいてすらいない。

車の方も運転手がよそ見でもしているのか、全く止まる気配がない。

そこで俺はこのままだとキツネが轢《ひ》かれてしまうと焦り始めて、誰か助けないのか一瞬だけ辺りを見回す。

近くには何人か大人がいたが、みんな見ているだけで動こうとしなかった。

キツネを触るのが嫌なのか、それとも自分が危険な目に遭うのが嫌なのか。

とにかく、このままだとキツネの命が危ないと感じた。

そこからは考えるよりも先に体が動いた。

道路に飛び出して、キツネを抱きかかえた。

――でも歩道に運ぶには力が足りなくて、それならとキツネを守るように自分の身体を盾にしたんだ。

恐《こわ》くなかったのか？　と言えば、そんなことを感じている余裕はなかった。

キツネを守ろうと考えたら、勝手に体がそう動いていた。

最終的には運転手が俺たちに気づき急ブレーキをかけて、間一髪のところで助かった。

その後、たったいま目覚めたかのように目をこすりながら出てきた運転手からキレられたけど、キツネを守れたからどうでもよかった。

そうやって出会ったのが、タマだ。

それから俺はタマに案内されるようにあの廃れた神社に着くと、そこでタマが暮らしていることがわかった。しかもたった一匹で。

タマが他人のように思えず、どうしても心配になった俺は休日に神社に通うようになった。神社に行くたびにタマとは色んな話をして、出来る限りの色んな遊びをして、沢山の時間を過ごした。

そして――友達になった。

自分が何に挑戦してもダメな時も、タマはいつも俺の話を聞いてくれた。

悲しい時はいつも傍《そば》にいてくれた。

だから俺にとって、タマはとても大切な存在なんだ。

それなのに――。


「タマッ！」

勢いよく起き上がると、そこは自分の部屋だった。……夢かよ。

「今日もタマを探しに行かないと」

一人で呟《つぶや》くと、俺は急いで着替えて部屋を出た。

◇◇◇

「タマー、タマー」

夏休みに入って十日目。俺はいつもの廃れた神社でタマのことを探していた。

昼頃に来てから一時間くらい歩き回っているのに、一切見つからない。

夏休み初日からずっと神社には通い詰めているけど、タマとは一度も会えていない。

結局、最後にあったのは、文化祭前日のあの時だ。

「……どこ行っちまったんだよ」

こんなに会えなかったことは、今までで一度もない。

もしかして、タマに見捨てられてしまったのだろうか。

俺がすぐに愚痴を言ったり、弱音を吐いたりするから。

もしそうだったら俺はどうしたら……と一人で不安に駆られていると、

――ポツリ。

「……雨かよ」

急に小雨が降ってきて、俺は急いで屋根がある拝殿へ。

森の中にある神社だけど、周辺は木々が少なくてあまり雨とかは遮ってくれない。

……普段はダメかなと思って座ってなかったけど、今回ばかりは許してください。

謝りながら、俺は拝殿の座れそうなところに腰を下ろした。

小雨はどんどん激しくなって、雨音も強くなっていく。

「こりゃ止《や》むまで出れないな」

空を見上げながら、呟《つぶや》いた。……タマは大丈夫だろうか？　そんな不安を抱くが、同時に俺なんかに心配されたくないよな、とも思う。

一緒に遊んでいる時によく思うけど、タマはきっと俺よりも頭が良い。

そう考えると、本当にタマは俺のことを見捨てたのかもしれない。

……いや、そもそも俺のことを暇つぶしの相手くらいにしか思ってなかったのかも。

だってそうじゃなかったら、こんなにタマと会えなくなるはずがない。

「……俺を置いてかないでくれよ」

大切な友達に見捨てられたかもしれないという現実に耐えられず、言葉が漏れてしまう。

頼むよ、出てきてくれよ。俺と一緒にまた遊んだりしてくれよ——タマ。

——ガサガサ。

不意に茂みから音が聞こえる。タマかっ⁉

慌てて視線を向けると、そこにいたのはキツネ——のお面を被《かぶ》った人だった‼

誰だ……⁉　なんて驚いていると、お面の人は傘をさしたまま、どんどんこっちに近づいてくる。えっ、なになに⁉　めちゃめちゃ恐《こわ》いんだけど……⁉

「……くれない」

目の前までくると、何かを呟いている。でもお面のせいで声がこっちまで届かない。

「何か拭くものくれない？」

すると俺の様子で察したのか、お面の人は今度は大きい声で言った。声色からして男の人だ。拭くものって……まああるけど。

俺はハンカチを渡すと、お面の人は受け取ってから勝手に俺の隣に座った。

「いやーありがと。雨が強すぎてさ、傘をさしててもちょっと濡《ぬ》れちゃったんだよねー」

「あっ……そ、そうですか」

初対面の人に話しかけられて、俺はどもりながら言葉を返す。

「なんで敬語？　キミ、たぶんオレと同じくらいだよね？」

「いや……そ、そんなのお面被っていてわからないので」

そう指摘すると、お面の人は「あー確かに」とケラケラ笑った。

……なんだ、こいつ。

「それじゃあ、このお面は外した方がいいね」

お面の人は頭の後ろに手をやって、お面を外す。

こんな変なやつ、一体どんな顔してるんだろう。

そんな風に思いながら彼の素顔を見ると、衝撃の光景が目に映った。


——彼は俺と全く同じ顔をしていた。


「ついでに名前も言った方がいいかな」

唖然《あぜん》として言葉が出ずにいると、彼は笑って自身の名前を口にした。

「オレは小川昴希《おがわこうき》！　ただの高校二年生さ！」

この時、俺はまだ知らなかったんだ。

お面の人——昴希との出会いが俺の人生を大きく変えることになるなんて。

俺にとって人生で一度きりの〝特別〟なひと夏が始まった。

# 幕間　とある少年の〝特別〟な日常。

これはとある少年の〝特別〟な日常の話。

朝の教室。僕が一限目の支度をしていると、クラスメイトの女子生徒が快活な声で僕の席に近づいてくる。

「桐谷《きりたに》くーん！」

「おはよう、七瀬《なせ》」

「おはよー！　桐谷くん！」

彼女が挨拶をしてくれて、僕も同じように挨拶を返した。

「夏休み明け初日なのに、前みたいに学校はサボってないんだね」

「サボるわけないでしょ。受験まであと半年切ってるんだから」

「そっか、そっか！　えらい、えらい～」

女子生徒――七瀬が頭を撫《な》でようとしてきたから、僕はひらりとかわす。

「あのね、僕はペットじゃないんだぞ」

「そんなこと知ってるよ。桐谷ポチくん」

「勝手に犬みたいな名前つけないでよ。ポチじゃなくて翔《かける》だから」

訂正すると、七瀬はクスっと笑う。またいつもみたいにからかって……。

「でも夏休みは楽しかったね～。桐谷くんと一緒に行ったお祭り最高だったよ！」

七瀬は僕の隣の席に座ると、ひまわりみたいな笑顔でそう言ってくる。

夏休み中。僕は一度だけ彼女と夏祭りに行ったんだ。

「桐谷くん、高校に入って初めての夏祭りだったんでしょ？」

「うん。二年生までは夏休みはずっと家で引きこもってゲームしてたからね」

「そっか！　じゃあ私のおかげで〝特別〟な夏休みを過ごせて良かったね！」

七瀬はからかうような口調で言ってきた。だけど僕は――。

「そうだね。ありがとう！」

「そ、そんな素直にお礼言っちゃうんだ……」

七瀬は面食らったように、ちょっとあわあわしている。実際、僕は七瀬のおかげで今までで一番楽しい夏休みを過ごせたからね。……でも〝特別〟か。

夏祭りに行った時、僕はとある少年と出会った。

彼は僕と似ているところがあって、そんな彼は〝特別〟にこだわっていた。

僕は七瀬のおかげで〝特別〟な日々を送れているけど――。

あの時の彼は今頃どうなっているだろうか？

# 第二章　小川昴希《おがわこうき》

「そっかー。キミは仲良いキツネのことを探していたんだねー」

こんなところで何をしているのか？　と訊《き》かれて答えると、小川くんは納得したように頷《うなず》く。……やっぱり、どこからどう見ても俺と同じ顔だよな。

違うところといえば、雰囲気がたいぶ陽気なところか。

「まあそうなんだけど……そ、それよりも小川くんは驚かないの？」

「え？　何が？」

「その……自分と全く同じ顔の人が目の前にいることが。俺、めっちゃビビってんだけど」

「なに言ってんのさ。オレもめちゃくちゃびっくりしてるよ！」

ケラケラと笑ってそう言ってくる小川くん。……全然そうは見えないけど。

「でもまあ、世界に何人かは自分と似てる顔の人もいるでしょ！　逆に会えてラッキーって感じだね！」

「ま、前向きだなぁ……」

「ていうかさ、いまオレのこと小川くんって呼んでたけど、キミも小川なんでしょ？」

「そ、そうだけど……」

タマのことを話した時、ついでに名前と学年も言っておいた。

小川《おがわ》くんは「同じ名字で同い年じゃん！」とテンション高めだった。ちなみに彼が通っている学校はうちの地元で有名な進学校だ。……この人、頭良いのかよ。

「だったらさ、オレのことは下の名前で呼んでよ！　オレもキミのことは優輝《ゆうき》って呼ぶし！　自分で自分の名字言うのなんか気持ち悪いでしょ？」

「えっ……別にそんなこと――」

「はい決定！　決まり！　もう変更できませーん！」

小川くんは腕でバツを作って俺に見せてくる。ご、強引だ……。

だけどこれ以上、断ろうとしたら面倒くさそうな気がするし……まあいっか。

「わ、わかった……こ、昴希《こうき》くん」

「『くん』はナシで！」

彼はニコッと笑いながら言ってくる。……距離の詰め方が陽キャすぎるだろ。

「……こ、昴希」

「お、おぉ……そんな恥ずかしそうに言われるとこっちまで照れるじゃん」

昴希は恥ずかしそうに頬《ほお》を掻《か》く。そっちが言わせたくせに……。

「その……昴希はなんでこんなところにいるの？」

「それがさぁ、森の中でカブトムシ捕まえようとしてたら、迷うわ雨が降るわで踏んだり蹴ったりでさぁ」

「カブトムシって……」

「あっ、いま子供っぽいって思ったでしょ？　意外と大人にも多いんだぞ。カブトムシ捕まえるの趣味な人」

　ぷんすか怒る昴希。確かにいるだろうけど、俺と全く同じ顔でそんなことされるとなんだかなぁ……。

「というか迷ってたの？」

「まあねー。でも適当に歩いてたら優輝に会えたし、知ってる神社にも着いたし、結果オーライさ」

　昴希はそんな言葉を返して陽気に笑い出す。

　太陽が人間になったら、きっとこんな感じなんだろうなぁ。

「雨が止《や》むまで暇だし、すべらない話しても良い？」

「……それ絶対にすべるやつだよね」

「そんなことないって！　まあオレの超面白い話を聞いてよ！」

　昴希はニコニコしながら頼んできて、その陽のパワーにやられた俺は仕方がなく彼のすべらない話を聞くことにした。

　――めっちゃつまらなかった。

でも昴希《こうき》はめげずにすべらない話のパート2、パート3を続けて、結局どれもまためっちゃつまらなかったんだけど……その流れで自身のことも話し始めた。

なんでも彼は小さい頃から勉強も運動もかなり得意らしく、小学生から今に至るまで常にテストの成績が学年一位、体力測定は中学からだけど、それも常に学年一位。

さらには裁縫やら料理やらも大得意で、クラスメイトたちから大人気らしい。

最初は嘘《うそ》だと思ってたけど、昴希を中心に大勢のクラスメイトたちに囲まれて撮った写真を見せてもらって、本当に人気者なんだと驚いた。

だったらテストや体力測定の話も、本当なんだろう。

「……同じ顔なのに、なんでこんなにもスペックが違うんだ」

「？　優輝《ゆうき》はそんなにダメなの？」

昴希の話を聞いて嘆いていると、彼からド直球に訊《き》かれた。

「ダメって、もう少しオブラートに包んだりしてよ。……まあダメなんだけど」

それから今度は俺が自分の話を始めた。

今日、初めて会った相手にこんなこと話すなんて普段は絶対にしないんだけど、昴希が纏《まと》う陽気な空気のせいなのか、それともタマがいなくなった寂しさのせいなのか、この時は特に抵抗なく話せてしまったんだ。

小学生と中学生の頃。どうしても〝特別〟になりたくて色んなことに挑戦したこと。

だけど何をやってもダメで、結果自分には何もできないことがわかってしまったこと。

挙句には、弟の方が〝特別〟で、毎日のように両親に比較されるようになったこと。

それなのに今年の文化祭ではまた〝特別〟になろうとしたこと。

そして、また自分が〝特別〟になれないと思い知らされたこと。

昴希に全てを話した。

「そっかぁ……優輝は頑張ったんだね」

すると、ちょっと涙が出てしまっている昴希。なんでそっちが泣いてんだよ……。

「まあ頑張っても、何も良いことなかったけどな」

かなり昴希と話したからか、言葉に詰まったりせず普通に喋《しゃべ》れるようになってきた。

そんな俺の言葉を聞いて、昴希は首を左右に振る。

「良いことないなんて……そんなことないよ。その経験がきっとこの先に役立つことだって――」

「なわけないだろ。なんでも上手《うま》くいってるお前に何がわかるんだよ」

少し強めに否定してしまった直後、またやってしまったと我に返る。

でも昴希を見てみると、彼はなぜか笑っていた。

「優輝って、ただのコミュ障ビビりくんだと思ってたけど……結構熱いところあるんだね」

「なんだよそれ。つーか、コミュ障ビビりくんとかめっちゃ失礼だろ。本当のことだけど今すぐ取り消せ」

しかし、昴希《こうき》は「嫌だよー」と面白そうに笑うだけ。……この野郎。

そんな風に昴希にイライラしていると——彼から予想外の言葉が出てきた。

「ねえ優輝《ゆうき》。オレと入れ替わってみる？」

……は？　何言ってんのこいつ。

「入れ替わるって……なんで？　そもそもどうやって？」

「どうやっては、そりゃ顔が同じなんだからイケるでしょ。背丈もほぼ同じだし、声も似てるし。よゆーよゆー」

確かに昴希が言った通り、顔が違う人が入れ替わるよりかは、俺と彼が入れ替わること自体はそんなに難しくないのかもしれない。……でも。

「じゃあ、なんで俺と昴希が入れ替わる必要があるんだよ？」

「必要があるっていうか……優輝には良い話かなって」

「良い話？　どこが？」

俺が訊《たず》ねると、昴希はにやりと笑って——。

「だって優輝は〝特別〟になりたいんだよね」

　こっちのことを見透かしているかのような口調で、言ってきた。

「それ、自分が〝特別〟だって言ってるようなもんだぞ」

「さっきの優輝の話を聞く限り、オレはかなり〝特別〟でしょ。それにこれは話してなかったけど、オレって両親からもめちゃめちゃ愛されてるし、もし優輝がオレと入れ替わったら、そういう面もプラスに働くかなって」

　恥ずかしげもなく話す昴希。愛されてるって、自分で言うのかよ。

　……両親に愛されてるどうこうは措《お》いておいて、もし昴希と入れ替わったら、俺は形だけでも〝特別〟になれる……けど、それは俺が求めていた〝特別〟じゃない。

　他人が持っている能力や積み重ねたものをタダでもらって〝特別〟になるなんて……そんなの論外だ。

「あのな、何もない俺にもプライドくらいあるんだよ。お前と入れ替わるなんて絶対に嫌だね」

「酷《ひど》い断り方だなぁ……でも本当にいいの？　オレと入れ替わったら、優秀な弟に劣等感を抱く必要はなくなるし、両親はずっと優しくしてくれるし、溢《あふ》れるほどの友達が一緒に遊んでくれるし、最高だよ？」

昂希《こうき》が誘惑するように言葉を並べると、俺は想像してしまう。

……正直、めっちゃ楽しそうだ。今まで辛《つら》かったことがありすぎて、心が揺らぐ。

「それにずっとってわけじゃないよ？　お試しに今日から明日でどうかな？」

一日限定という誘惑をさらに追加してくる昂希。一日くらいなら……と俺の気持ちが変わることを狙っているんだろう。

でも！　俺は昂希と入れ替わって〝特別〟になることは望んでいないし、第一それは本当の意味で〝特別〟になれたとは言えないだろ。だから俺は——っ！

昂希の提案をもう一度断ろうとした時、ふと彼の傍《そば》に置かれていたキツネのお面が目に入った。

……いまの俺のままで、果たしてタマは戻ってきてくれるだろうか。

別に俺がダメだからタマが消えたと決まったわけじゃない。……でもタマが消えたタイミングからして絶対にないとも言い切れない。

もし何もないダメな俺に呆《あき》れて、タマがいなくなっているとしたら——。

このままだと俺は一生タマに会えないんだろうか？

こんなのタマがいなくなって、落ち込んでいる俺のただの妄想だってわかってる。

……だけど、いまの俺が少しでも変わったら、たとえ入れ替わるだけで形だけでも〝特別〟になることができたら——タマが戻ってきてくれるかもしれない。

たったいま俺はそう思ってしまったんだ。

「……いいぞ。入れ替わっても」

「えっ⁉　ホント？」

「あぁ。昴希が言った通り、今日から明日でな」

そう答えると、昴希は「やったー！」とバンザイして嬉《うれ》しがった。子供かよ。

「でも、昴希はどうしてそんなに入れ替わりをしたがるんだ？　お前は俺と入れ替わっても、なんのメリットもない気がするけど」

「それはもちろんキミのため――とかカッコよく言いたいけど、本当は人気者の自分にうんざりしてるんだよね～。色々と気を遣われたりするし、こっちだって気を遣わないといけないことが多いから」

昴希は苦笑いしながら説明する。本人は本当に困っているのかもしれないけど、何もない俺にとっては贅沢《ぜいたく》な悩みだ。……つまり、俺と昴希が入れ替わっても一応彼にもメリットがあるってことか。それなら気兼ねなく、入れ替わることができる。

「……で、入れ替わるってどうする？　とりあえず服でも着替えるか？」

「そうだね！　互いの服は着替えないとね！」

乗り気で服を脱ぎだす昴希。男同士とはいえ、躊躇《ちゅうちょ》とかしないのかよ。

そんな彼を見て、こっちも恥ずかしがるのはバカバカしいと思い、服を脱ぎ始めた。

その時、空を見上げるといつの間にか雨が止《や》んでいた。

昂希《こうき》と話していて気がつかなかったな……。

ゲリラ豪雨だったのかいまは綺麗《きれい》な青空で、太陽が元気にこちらを見ている。

ひょっとして俺のことを応援してくれているのだろうか。

それとも――。

◇◇◇

「あのさ、一つ訊《き》いてもいいか？」

服を着替えたあと。俺たちは入れ替わるために、まず昂希の家に向かっていた。

彼の家は神社からそんなに遠くないらしい。

「なに？　服はもう乾いてるでしょ？　濡《ぬ》れたっていってもほんのちょっとだし」

「濡れてはないけど……この法被みたいなパーカーみたいな服はなに？」

昂希の服はズボンは普通だけど、羽織っている服がマジで法被とパーカーが融合したような服だった。ファッションにはあんまり興味ない俺でも、これはカッコイイとは思うけど普段着にしてはかなり派手な気がする。

「それはオレが自作したオリジナルパーカーだよ。イケてるでしょ？」

「……脱いでもいい？」

「なんで⁉」

昴希はびっくりして目を見開いた。

「だって、このパーカー普段使いするにはあれだし、そもそもいまって夏だぞ。ただでさえクソ暑いのに、こんなの着てられないんだけど」

「ダメだよ！　それはオレのトレードマークなんだから！」

「ええ～脱いでもよくない？」

「ちなみにそれを脱いだら、入れ替わってることが即バレするよ」

「なんでだよ⁉」

今度は俺がびっくりさせられた。

「オレはそのパーカーをいつも着てるからね～。だから家族や友達に風呂入る時とか以外で脱いでるところ見られたら、お前誰やねん！ってなるね」

「……まじ？」

「まじで、ガチで、マジで」

急に真剣なトーンになる昴希に、嘘《うそ》を言ってるわけではないと感じた。

脱ぎたくても脱げないとか……呪いの装備かよ。

「じゃあこのお面は？」

ついでにキツネのお面のことも訊《き》いておく。こっちも呪いの装備かもしれないし。

「それは去年の夏祭りの時に買ったやつで、なんとなく被《かぶ》ってただけだからご自由に」

「……さいですか」

「――と、そんなことを話してる間に、オレの家に着きました～！」

俺と昴希《こうき》が立ち止まった目の前には、いかにも金持ちが住んでいそうな巨大な家が――

あるわけではなく、ごくごく一般的な住宅だった。

「なんか……普通の家だな」

「失礼だなぁ～。大体の人は普通の家に住んでるでしょ」

「いや、その……なんでもできるやつは家とかも高級住宅とかかなって」

「そんなことあるわけないじゃん。優輝《ゆうき》の家のことは知らないけど、キミの弟だって優秀
だけど高級住宅とかには住んでないんでしょ？」

昴希の話に「確かに」と俺は納得する。次いで彼はポンポンと軽く肩を叩《たた》いてきた。

「まあとにかく、入れ替わりがバレないように頑張ってよ。オレも頑張るからさ」

「えっ、もう行くのか？」

「なになに不安そうな顔して。お別れのキッスでもいるのかな？」

昴希はカッコつけて投げキッスをしてくる。……俺と同じ顔でそんなことしないでくれ。

「そんなものはいらんけど……なんかこうしたらバレにくいとかアドバイスないのかよ」

「可能な限りパーカーを脱がない！　あとはオレを真似《まね》する！　以上！」

「雑なアドバイスだなぁ……」

俺がちょっと呆《あき》れていると、昴希は楽しそうに笑った。

「つーか、昴希の方は大丈夫なのかよ？　バレる心配はないのか？」

「バレたらその時でしょ！　オレって人真似も得意だからノリでイケる！」

昴希はピースして余裕アピールしてくる。

あまりにも楽観的すぎるぞ……こいつのメンタルはバケモノかよ。

「じゃあオレも優輝の家に行ってくるね！　自転車ちょうだい！」

ここまで俺が押して運んでいた自転車を渡すと、昴希はそれに乗る。

背丈がほぼ同じだからか、いちいち変えなくてもサドルの高さはぴったりだ。

「一応、俺の家の住所は教えたけど、ちゃんとわかってるのか？」

「わかってるって！　困ったら優輝のスマホで調べるし！」

昴希は俺のスマホを見せて言ってきた。入れ替わっている時に不都合が起きないように、お互いのスマホも入れ替えている。……まあ一日くらいなら問題ないだろ。たぶん。

「じゃあ優輝！　頑張ってね！」

昴希は笑ってそう告げると、自転車をこいで行ってしまった。

頑張ってね……って、何をだよ。

「……とりあえず、入ってみるか」

鍵もないし突っ立っていてもしょうがないので、昴希《こうき》の家のインターホンを押した。

ぶっちゃけ誰かと入れ替わるなんて当然初めてなわけで、かなり緊張している。

いまも心臓がドキドキだ。

果たして、俺は上手《うま》く昴希になりきることはできるだろうか。

そして、少しの間、形だけでも〝特別〟になることはできるだろうか。

——玄関の扉が開いた。

◇◇◇

「今日は昴希の大好物のカレーライスよ〜」

上機嫌に歌うように話しているのは、昴希の母親だ。

昴希の家に入るなり、彼女は「お帰り」と言ってくれたあと「雨降ったでしょ？　濡《ぬ》れなかった？」「晩ご飯できたけど先にお風呂に入ってもいいのよ？」とめちゃくちゃ俺に（正確には昴希に、なんだけど）気を遣ってくれた。

たぶん年齢は四十代くらいで俺の母さんと同じくらい。ちょっとふくよかだけど纏《まと》っている空気から優しそうな感じがよく伝わってくる。

「あ、ありがとうございま——ありがとう母さん」

昴希が大好きらしいカレーライスを用意してくれた昴希母に感謝する。

危うく敬語を使いそうになったけどギリセーフ。昴希母にも怪しまれていない。

ちなみに、お互いの家族の呼び方はここに来るまでに昴希と共有済みだ。

すると昴希母は「こんなことでいちいちお礼なんて言わなくてもいいのよ」と微笑《ほほえ》んでくれた。……母性の塊みたいな人だな。

「昴希！　カブトムシは捕まえられたか？」

次に声を掛けてくれたのは昴希の父親。こちらも年齢は俺の父さんと同じ四十代くらいで、見た目は普通のおじさんって感じだ。

今日は仕事が早番で普段より早く帰ってきたのだとか。昴希母が俺の母さんと同じように専業主婦をやっているのに対して、昴希父は普通のサラリーマンらしい。

だからなのか昴希曰《いわ》く、今まで勉強を頑張れとか運動を頑張れとか言われたことなんて一度もないとのこと。もちろん母性の塊みたいな昴希母にも言われたことはないって。

「今日は……ちょっと捕まえられなかったかな」

「そっかぁ……でも次は捕まえられるといいな！」

そんな風に昴希父がエールを送ってくれた。カブトムシが捕まえられなかっただけで、こんなこと言ってくれる父親、普通はいないぞ。

……昴希《こうき》の両親、優しすぎじゃないですかね。

「お父さん、カブトムシの話よりも晩ご飯を食べましょう。午後はずっと昴希は外に出ていたんだから、きっとお腹《なか》が空《す》いているわ」

「そ、そうだな！　早く一緒に晩ご飯を食べよう！」

二人に促されて、俺は席に着く。

昴希の家族構成は、昴希母・昴希父・昴希の三人だけ。だから、この場にいる全員で小《お》川《がわ》家の完成だ……まあ一人だけ別の小川が混ざっているけど。

でも、今のところ二人には気づかれていないし。案外、このまま危なげなく明日まで昴希と入れ替わることはできるかもしれない。

やっぱり顔が全く同じだと、親しい人でも気づかないんだなぁ。

「「「いただきます」」」

三人で一緒に手を合わせてそう言うと、俺はひとまずパーカーを脱いだ。

ずっと着るのに、カレーのルーが付いたら嫌だしな。昴希には忠告されたけど、さすがにカレー食べる時はいいだろ。

「昴希？　パーカーを脱ぐの？」「いつもは脱がないのになぁ」

直後、すぐさま昴希母と昴希父に指摘される。しかも、かなり怪訝《けげん》な目でこっちを見ていた。……まじ？　カレー食う時も脱いだらこんな反応されるの？

「ちょ、ちょっと暑いかなぁと思って」

「暑くてもいつもは脱がないわよ？」「絶対に脱がないよなぁ」

「……なーんてね。間違えて脱いじゃっただけさ」

ちょっと昴希の口調に寄せながら言葉にすると、俺はパーカーを再装着。

それにどこか二人は安心したような顔をした
……この様子だと、まじで迂闊《うかつ》にパーカーは脱げないじゃん。面倒くさいなぁ。

それから俺はパーカーを着たまま熱々のカレーを食べた。

当たり前ながら、死ぬほど暑かった。


カレーを完食すると昴希母が食器を洗っていたので、それを手伝うことにした。

他人の家だからっていうのもあるし、自分の家でも食器洗いくらいやってるからな。

「昴希、いつもありがとうね」

「いや、こんなの大したことじゃないよ」

俺はなるべく昴希の感じを意識しながら喋《しゃべ》る。少しずつ緊張もほぐれてきたし、この状況に慣れてきた気がする。つーか、いまの言い方だと昴希も普段から食器洗いとかしてるんだな。……まあ家族の手伝いとかしてそうなやつではあるけど。

「大したことなくないわ。ありがとう」

「……うん」

昂希《こうき》母が心から伝えるようにまたお礼を言ってくれて——すごく嬉《うれ》しくなる。

そういえば、今まで母さんが俺のことを褒めたことって一度もなかったよな。

……そっか。だからこんなに嬉しいんだ。

けれど同時に、入れ替わっていることにも少し罪悪感を覚える。

だって彼女の言葉は、本当は全て昂希に向かって言っているものだから。

……でも晩ご飯を食べている間、昂希母と昂希父とずっと喋《しゃべ》っていたんだけど、昂希母のどうでもいいような世間話だったり、昂希父のすべらない話だったり、優しい会話が多くて、俺はとても楽しかった。

少なくとも毎晩、弟と比べられるような息が詰まるような食卓ではなかった。

昂希母と昂希父が二人とも優しい人だからか……いや、きっとそれもあるだろうけど、昂希が〝特別〟だからあんなにも優しい空気で晩ご飯を食べられるんだろうな。

もし昂希が俺と同じように何もない人だったら、俺んちみたいにまではならないとしても、ちょっとは暗い雰囲気になると思う。

「……？　昂希、どうかしたの？」

何かを察したのか、昂希母が心配そうな表情を浮かべる。

「えっ……ううん。どうもしてないよ」

安心してもらうように言うと、俺は食器洗いを続けた。

◇◇◇

食器洗いを終えたあと。風呂に入ってから二階にある自室——というか昴希の部屋に向かう。部屋の場所も昴希から直接聞いている。

ちなみに法被みたいなパーカーだが元々着ていたものは洗濯してもらって、いまは二着目を着ている。……バレるかもしれないとはいえ、寝る時はさすがに脱ごう。

つーか昴希のやつ、このパーカー何着持ってるんだ……。

「お、お邪魔します」

昴希の部屋は特に変わったところはなく、普通の男子高校生っぽい感じ。

しかし、やっぱり頭が良いだけあって参考書は山ほどあって、その点は秀也《しゅうや》の部屋とちょっと似ている。

「えっ！　あいつも『マルオパーティ』やるんだ！」

棚に置いてある『マルオパーティ』のソフトを見つけて驚いた。

昴希のやつ『マルオパーティ』をやるなんて一切言ってなかったのに……って俺もゲームが好きなんて言ってないか。

さて、今から『マルオパーティ』をやるかどうか迷うな。

昴希《こうき》と入れ替わったのに、普段と同じように『マルオパーティ』をやるのもなぁ……。

考えた結果、俺は手に持っていた『マルオパーティ』を棚に戻した。

いまの俺は仮にも昴希なんだ。優輝《ゆうき》の時みたいに一人でゲームするのは……なんか違う気がする。どうせなら誰かと一緒にやれたらいいよな……俺、弟以外の人と一回も一緒にゲームしたことないし。

でもいくら昴希に友達が沢山いるとはいえ、さすがに彼のスマホを使って夜遅くにゲーム誘ったりできないけど。そんな度胸がないってのもあるし、昴希が夜に友達をゲームに誘うやつなのかもわからないから、下手したら入れ替わりがバレちゃうかもしれない。

「……やることないし、寝るか」

入れ替わりの影響で色々疲れた俺は、結局ベッドに入って休むことにした。

それにしても晩ご飯食べて、食器洗って、風呂入っただけなのにすごい疲れたな。

……でも、昴希の両親は二人とも優しくて一緒にいて楽しかったなぁ。

昴希の両親と過ごした時間を思い出しながら、俺は眠りについた。

その晩。俺は久しぶりに気持ちよく眠れた。

◇◇◇

翌朝。俺は昴希の部屋で目覚めると、そのまま一階に降りてリビングに向かった。

ちなみに寝ている時に脱いでいたパーカーは、忘れないように起きてすぐに着た。

リビングにはもう昴希の両親がいて、二人とも「おはよう」と挨拶をしてくれたので、俺も挨拶を返した。こんなことも俺の家ではなかったな……。

続いて、昴希母のお手製の朝ごはんを三人で一緒に食べた。昨晩と同様に、この時もずっと優しい空気のまま時間を過ごせて、とても楽しかった。

それから昴希父は仕事へ。昴希母もママ友と約束があるらしく出かけてしまった。

昴希も俺と同じように夏休みに入っているので、彼と入れ替わっている俺は特にやることはなく留守番となった。

「……何しよう」

入れ替わりは今日の夕方までと予め《あらかじ》昴希と決めている。だからまだ時間はあるんだよなぁ……と考えながら、リビングにごろんと寝転んだ。

なんか俺、めっちゃリラックスしちゃってるな。なんなら自分の家にいる時より、くつろげている気がする。

そういえば、昴希はどうしてるだろう？

意外とすぐにバレていたりして……とか思ったけど、一日経《た》って何もない時点であっちもバレていないのか。それはそれで安心だけど……なんだかな。

——って、こんなこと考えてどうするんだよ。俺はいま昴希《こうき》なんだ。あいつっぽいことしないと。そうしなきゃ形だけでも〝特別〟になった意味がない。

……とはいえ昴希っぽいことってなんだ？　カブトムシでも見つけに行けばいいのか？

そんなことを考えていると、不意に昴希のスマホが鳴った。

な、なんだ⁉　と驚いてスマホを手に取ると、画面には『天道《てんどう》』と表示されていた。この人から電話がきたみたいだ。……たぶん昴希の友達。

出ないこともできるけど……もしそうしたら、それこそ昴希と入れ替わった意味がなくなってしまう。

「は、はい。もしもし」

『よう昴希！』

恐る恐る電話に出ると、明らかに陽キャなカッコいい声が聞こえてきた。……やべぇ、一気に緊張してきた。

『あのさ今日お前んち行ってもいい？』

「えっ……な、なんで？」

『そりゃ一緒に遊びたいからに決まってんだろ。三葉《みつは》と夜見《よみ》もいるぜ！』

一緒に遊ぶ⁉　しかも二人でじゃなくて四人で⁉　タマを除いて、人生で友達と一度も遊んだことがない俺にとって、さすがにそれはちょっとハードルが……。

『つーか、もう昴希んちに来ちゃってんだわ。だから頼むよー』

「えぇ!?」

陽キャ──天道くんの発言に思わずリビングの窓から外を覗《のぞ》いてしまう。

すると、カッコイイ三人組が玄関の前に立っていた。さらに彼らは俺を見つけてしまって手を振ってくる。し、しまった。最悪、家にいないと言って断ることもできたのに。

こうなってしまったら、彼らを家に入れるしかない。

仕方がなく玄関の扉を開けると、イケメン三人組が昴希の家の中へ。

「お邪魔しまーす！」

「おい、他人《ひと》んちなんだから少しは遠慮しろよ」

「いきなり押しかけてごめんねー」

一人は自分ちみたいにリビングに入っていって、一人はそれを注意して、一人は急に家に来たことを謝ってくれた。……家に招いたものの、これからどうしよう。

「さーて、今から何して遊ぶ？」

現状に困っていると、いつの間にかリビングで遊びを決める話し合いが始まってしまった。……今からまじでこの人たちと一緒に遊ぶの？　まだちゃんと名前も把握できてないんだけど。一応、昴希から彼の友達のことは聞いたけど、友達が多すぎてほとんど覚えられなかったんだよなぁ……。

「なあ昴希《こうき》。なにして遊ぶんだ？」

昴希の友達の多さを少し恨んでいると、不意にイケメンたちの一人に訊《き》かれた。

おそらく彼は天道《てんどう》くんって人。電話で聞いた声と全く同じだからな。

「な、何して遊ぼうかな……そ、そうだ。天道くんたちが決めていいよ」

急に話しかけられて、心音が激しくなりながらも言葉を返したら、

「なに言ってんだよ。オレたちの遊びを決めんのはいっつも昴希じゃん。頼むぜリーダー」

天道くんは一瞬きょとんとしたあと、そう答えた。

り、リーダー……？

「そうだよ。いつも昴希くんが決めてるんだから今日も決めてよ」

「オレたちは昴希のやりたいことをやりたいんだよ」

他のイケメン二人もそんな風に言ってくれる。昴希の話は嘘《うそ》じゃないと思ってはいたけど、たったいま初めて昴希は本当に人気者で〝特別〟だと知ることができた気がした。

「で、でも俺が決めるなんて……」

昴希っぽいことをしたいと思っているとはいえ、彼の友達との遊びの内容を一人で決めちゃっていいのだろうか。

「？　昴希がそんな迷ったりするなんて……体調でも悪いのか？」

「いつもならすぐ決めるのにね」「だな」

天道くんが不思議がると他の二人も同じような反応をする。

や、やばい⁉　このままだと昴希じゃないってバレちゃう！

「……す、すぐ決めるって。体調だって悪くないよ、天道くん！」

素早くそう言ったら、天道くんたちはほっとした表情を浮かべる。あ、危ねぇ……。

「てかさ、天道くんって今日はなんで名字呼びで、しかも『くん』付けなんだよ。いつもみたいに朝陽《あさひ》って呼んでくれよ」

天道くんはそう言って、ニカッと歯を出して笑った。

そ、そっか。昴希だったらみんなのこと名前で呼びそうだもんな。……まあ、これに気が付いていたとしても、どの道名前を知らなかったから呼べなかったんだけど。

「ご、ごめん。朝陽」

謝ってから名前を呼ぶと、朝陽は嬉《うれ》しそうに笑った。

昴希を名前で呼んだ効果か、今回はさほど恥ずかしがらずに言えた。

「まさかボクたちの名前もド忘れとかしてないよね？　倉三葉《くらみつは》だよ。ちゃんと三葉って呼んでよ」

「オレは筑紫夜見《つくしよみ》だぞ。いつもみたいに夜見って呼べよ」

他のイケメン二人も名前で呼ぶように言ってくれる。

中性的なイケメンが三葉《みつは》、オラオラ系が夜見《よみ》……よし、覚えた。

「……で結局、昴希《こうき》は何して遊びたい？」

「そ、そうだな。俺は――」

また遊びの話になって、俺はよく考える。

頭使う遊びとか運動とかだと、いくら顔が同じとはいえ俺が昴希じゃないってバレてしまう可能性が高いし……となると彼らと遊ぶことは決まっている。

――『マルオパーティ』だ！

◇◇◇

「昴希、今日は運が悪いな～」

面白がるように笑いながら、朝陽《あさひ》はゲーム画面を見ている。

リビングにゲーム機を持ってきて『マルオパーティ』をみんなでやったんだけど、結果は朝陽が一位、他の二人が接戦をして、俺だけボロ負けで断トツの最下位。

何回サイコロを振っても、毎回、1とか2とか小さい数字しか出てくれなくて全く進まないし、ミニゲームはコテンパンにされた。

たとえ昴希と入れ替わってもゲームの実力は変わらないとわかってはいたけど、まさか運すらも変わらないとは……。

「ミニゲームもあんまり勝ててないし、調子悪いのかな？」

「珍しいなぁ」

普段の昴希と違うのか、不思議がる三葉と夜見。……ま、まずい。ミニゲームが弱いくらいなら正体はバレないだろうってことも含めて『マルオパーティ』を選んだのに、早速バレちゃいそうなんだけど。

「でも、いつも昴希は強すぎるからこんな日があっても良くね」

「そうだね！」「だな！」

しかし、三人で勝手に納得してくれた。それくらい昴希への信頼が厚いんだろう。

……というか、なんとなくわかってはいたけど昴希ってゲームも上手《うま》いのかよ。

本当になんでもできるんだなぁ……。

「さあ、次はどうする？　もう一回やるか？」

「昴希が決めてよ」「オレも昴希がやりたいことでいいよ」

三人ともまた俺のことを優先してくれる。

一度目の時は引け目みたいなものを感じたけど、いまはこの俺が中心に物事が進んでいくことに優越感……って言うと言葉が悪くなってしまうけど、たったいま俺がここにいる意味を実感できるような……そんな感情が湧いてきた。

――あぁ、これが〝特別〟になるってことなんだ。

正直、とても気持ちいい。もっとこの時間を味わっていたいと心底思った。

……でも、入れ替わりは今日までだけどな。

「もう一回やろう！」

それから俺は昴希《こうき》になりきって、迷いなく言った。きっと今日一番の声が出た気がする。

「いいぜ〜！　またオレがトップ取ってやんよ」

「次はボクが勝つに決まってるじゃん」「いいや、オレだね」

朝陽《あさひ》たちが楽しそうに話している。こんな時、昴希だったらなんて言いそうだろう。

そう考えたあと、彼らに負けじと俺も言ってやったんだ。

「何言ってんのさ。次こそ俺が勝つよ」

それから俺たちは昼食を食べることも忘れて、みんなで『マルオパーティ』をやり続けた。相変わらず俺は負け続けたけど、めちゃくちゃ楽しかった！

その後、昴希母が帰ってきて、俺たちのために少し遅めの昼食を作ってくれて、それをみんなで食べた。その時、朝陽たちは誰が俺の隣に座るかで揉《も》めたり、俺が好きな（正確には昴希が好きな）おかずをわけてくれたりした。

小さなこととはいえ、それに俺はまた自分がここにいる意味を実感できて、とても楽しかったんだ！


みんな俺のことを見てくれる。

みんな俺のことを求めてくれる。

みんな俺がここにいる意味を、生きている意味を示してくれる。


――〝特別〟って最高じゃん!!

◇◇◇

「やっべー、これ遅刻しそう」

朝陽たちと昼食を食べたあと。ちょうどよく彼らが帰ったタイミングで、俺は昴希母に出かけてくると告げて、急いであの廃れた神社に向かっていた。

昴希の家が神社から遠くないとはいえ、もう少しで彼との集合時間になってしまう。

まっずいなぁ、朝陽たちとの時間に夢中になりすぎた。

……でも、楽しかったなぁ。

朝陽《あさひ》たちとの時間を思い出しながら走っていると、曲がり角を曲がった直後、思いもよらぬ人物が現れた。

「ま、松本《まつもと》くん……？」「あっ」

俺は思わず名前を呼んで、あっちは少し驚いたように口を開けている。

「ど、どうしてこんなところに？」

「俺、家がこの近くなんだよ」

俺の質問に、松本くんはそう答えた。……そ、そっか。同じ中学校だったとはいえ松本くんの家ってどこにあるんだろうって思ってたけど、こんなところだったんだ。

「お前……えーと、たしか小川《おがわ》だよな」

「えっ……う、うん」

急に名前を言われて、びっくりする。会話する機会がほとんどなかったってこともあるけど、今まで一回たりとも名前で呼んだことなんてなかったのに。

「なんかすげぇパーカー着てんのな。暑くないの？」

「こ、これは……まあ色々あって」

松本くんに指摘されて、俺は言葉を濁す。……つーか、これはなんの時間なんだ？

疑問に思っていると、松本くんが意外なことを話し始めた。

「小川ってさ、俺と同じ中学校だったんだな。文化祭の時に中学の同級生がダンス見に来て、その時に小川と同じクラスだったやつがお前のこと見つけてそう言ってたよ」

「そ、そうなんだ……」

俺は言葉を返すものの、松本くんが何をしたいのかわからなくて困惑する。

元々、同じ中学校に俺がいたことを彼が知らなかったのはわかっていたし、それは別にいいけど……今さら名前呼んだり同じ中学校だった話をしたり、よくわからないなぁ。

「じゃ、じゃあ俺はもう行くね」

昴希《こうき》との集合時間が迫っているので、松本くんと別れようとする。

「待ってくれ」

しかし、なぜか松本くんに呼び止められた。

「な、なに……？」

「その……文化祭の時、センターやって悪かったな」

不意に放たれた言葉に、俺は驚いた。

松本くんはそのまま続けて話す。

「小川が体調悪いって聞いて、それならクラスメイトや、それこそ小川のためにセンターやろうかなって思ったんだけどさ。よく考えたら、小川にセンターやってもらうべきだったかなって」

「そんなことないよ。……俺は松本くんがセンターで良かったと思ってるよ」

「でも、クラスのやつが言ってたからさ。俺は部活を優先してて知らなかったけど、小川《おがわ》が必死にダンスの練習を頑張ってたって」

松本《まつもと》くんは同情するような目でこっちを見てきた。そんな彼に少し苛《いら》ついてしまう。

頑張ってたからなんだっていうんだ。だから、スポーツができてクラスの人気者の松本くんより、何にもできなくてクラスに友達がほとんどいない俺にセンターをやらせてあげようっていうのか。……そんなことされたって、俺は嬉《うれ》しくない。

そんなことされたって……俺は生きている意味を感じないんだよ。

「毎年この時期にやる夏祭りあるだろ？　クラスメイトの何人かで一緒に行くことになってんだけど、小川も一緒にどうだ？」

センターを踊ってしまったことの穴埋めなのか、それともまた俺に同情しているのか。

松本くんが誘ってくれたけど、彼には申し訳ないが全然嬉しくなかった。

こんな誘いを受けても空《むな》しすぎるし、もしクラスメイトたちに交じって松本くんと一緒に夏祭りに行っても、彼が〝特別〟で俺には何もないってことが改めてわかるだけだ。

「ごめん。今年の夏祭りは行かないんだ。……急いでいるから、じゃあね」

「えっ、おい」

松本くんの声に構わず、俺は逃げるようにその場から離れた。

さっきまで昴希《こうき》として過ごしていたからか、優輝《ゆうき》として彼と話したときの気持ちの落差が酷《ひど》かった。

この後、神社で昴希と会ったら、入れ替わりは終わり。

元に戻ったら、またこんな気持ちを味わうのか……。

それも何度も——何度も——。

◇◇◇

「あっ、優輝〜」

松本くんと別れてから走り続けて、集合時間ギリギリで神社に到着した。

ボロボロの拝殿の前では、昴希が笑って手を振っている。

「ご、ごめん、時間ギリギリになって……」

「別に間に合ったからオッケーだよ。というか少し過ぎても全然気にしないし」

息を切らして膝に手を置いている俺に、昴希は笑顔で言ってくれる。

昨日から思ったけど、俺の過去の話を聞いて泣いてくれたり、ヘラヘラしているくせに優しいところは優しいんだよな。

「で、オレと入れ替わってどうだった？　というかバレた？」

「なんとかバレなかったよ。……あと昴希が本当にすごいってことはわかった」

「ホント！　照れちゃうな～てへてへ」

「てへへって……なんかうざいなぁ。やっぱ言わなきゃ良かった」

「なんで⁉︎　酷《ひど》いよ～」

俺の体を揺すってくる昴希《こうき》。パーカーでただでさえ暑いのに、そんなに近づいてこないでくれますかね……まじで暑い。

「ねえねえ、オレと入れ替わって楽しかった？」

昴希は期待するように訊《き》いてきた。最初は入れ替わっていることがバレないかヒヤヒヤしていたけど……彼の両親や朝陽《あさひ》たちが話してくれたり遊んでくれたりして。

俺のことを〝特別〟に扱ってくれて――。

「……まあ楽しかったな」

「そっか！　良かった‼︎」

昴希はまるで自分のことにように嬉《うれ》しがる。……どうしたんだ、こいつ。

「昴希はどうだったんだよ？　俺だってバレなかったか？」

「全然大丈夫だったよ！　なんたって完璧に優輝《ゆうき》になりきったからね～」

「完璧って、昨日初めて会ったばっかりじゃん」

「だって弱々しい感じにしてたら、だいたい優輝っぽくなるでしょ。だからずっとゲームの雑魚キャラみたいに――って、いてて！」

昴希が好き勝手言い出したので、俺は思い切り両頬《りょうほお》をつまんで引っ張ってやった。

おかげで彼の顔がスライムみたいに伸びている。

「な、なにするのさ！」

「俺と同じ顔なんだし、俺がいじったって問題ないだろ」

「問題あるよ⁉　大アリだよ⁉」

昴希は両頬を押さえながら訴えてくる。

……でもそっか。俺が昴希の家族と友達に入れ替わっていることがバレなかったとはいえ、昴希が俺だってことも母さんや父さん、秀也《しゅうや》もわからなかったんだ。

そんなことを考えると、微妙な気持ちになる。

俺の様子がおかしいと感じたのか、昴希は不思議そうに訊いてきた。

「？　どうかしたの？」

「いいや、なんでもない。それよりも入れ替わりはこの時間までだろ？」

「うん、この後は約束通り元に戻ろうか。まあもう一日くらい入れ替わっても面白かったけどねー」

「……そうだな。戻るか」

さすがにこれ以上、入れ替わるのは本当にバレてしまう可能性が高い。

もしそうなったら、母さんや父さんになんて言われるかわかったもんじゃない。

秀也《しゆうや》と比べてどうしてあんたは……とより一層、弟と比較される毎日を送ることになりそうだ。それに悪意はないにしても、入れ替わっている間は昴希《こうき》の両親や朝陽《あさひ》たちを騙《だま》しているわけだし。だから、もう元に戻った方がいいってわかっている。

……でも、本当にいいのか？

優輝《ゆうき》に戻ったら、俺はまた〝特別〟じゃなくなる。〝特別〟な人たちを外から眺めたまま〝特別〟な弟と比較されるだけの毎日に戻ることになる。

——生きている意味がわからなくなる。

「なあ昴希」

「ん？　なに？」

不意に名前を呼ばれて、昴希はキョトンとした表情を見せる。

そんな彼に俺はいま考えていることをまだ少し躊躇《ちゆうちよ》しながらも、言葉に出した。

「これからもたまにさ、こうやって入れ替わらないか？」

刹那、昴希は一瞬目を見開いたあと——笑った。

「いいね～オレもそうしたいと思ってたんだ。だってこれ楽しいからね」

「そっか……なら決まりだな」

昴希はさっきもう少し入れ替わってもいい、みたいに言ってたから、大体予想通りの展開だった。

この先もたまに入れ替わろうって提案したのは、別に俺が優輝としてもう生きたくないとか、そんな風に思っているわけじゃない。

……そう。タマだ。これはタマに戻ってきてもらうため。

俺が少しでも昴希として〝特別〟になることで、いまの俺自身が少しでも変わることができたら、タマが戻ってきてくれるかもしれないからな。

全てはタマという友達に戻ってきて欲しいから、この先も俺は昴希と入れ替わる。

理由はそれだけだ。

「じゃあこれからもよろしくね！　優輝！」

昴希はニコッと笑って手を差し出してくる。

それに俺はもう迷わず彼の手を握った。

「おう、よろしくな昴希」

こうして俺と昴希はこれからも時々、入れ替わることに決まった。

この時、俺は入れ替わった時のことを想像してワクワクしていた。

――また形だけでも、俺は〝特別〟になれるんだ！

# 第三章　小川優輝《おがわゆうき》

たまに昴希《こうき》と入れ替わることを約束した日以来。お互いの連絡先は約束した日に交換していたため、時々、昴希と連絡を取り合い入れ替わっては彼の両親と一緒に過ごしたり、朝陽《あさひ》たちと遊んで〝特別〟を味わっていた。

もちろん朝陽たち以外にも昴希の友達が家に遊びにきて、彼らともゲームをしたりして遊んだ。当然ながら彼らも昴希と入れ替わっている俺のことを〝特別〟に扱ってくれた。

そのたびに俺は昴希として疑似的に生きている意味を実感し続けていた。

心のどこかでは、これは昴希が〝特別〟なだけで俺は違うんだってわかっているけど……それでも、昴希としてでも〝特別〟な人として扱われることに嬉《うれ》しくならずにはいられなかった。だからなのか、昴希のパーカーは相変わらずクソ暑いけど、ちょっと気に入り始めていたんだ。

「全然バレないもんだね～」

廃れた神社にて、俺は昴希と一緒に石段に座っていた。昴希が言った通り、今日で入れ替わってもう五回目くらいだけど、お互いの家族に全くバレていない。

ちなみに、いまは二人とも服装は自分のものに戻っている。

「最初はめっちゃビビりながら入れ替わってたけど、もうだいぶ慣れてきた気がする」

「だね！　オレは最初から優輝の真似《まね》は完璧だったけど、もっと洗練されてきたよ！」

「で、俺の真似をする時はどんな感じなんだっけ？」

「それはゲームの雑魚キャラみたいに――いてて！」

昴希の両頬《りょうほお》をつねってやった。俺から仕掛けたとはいえ懲りないやつだなぁ……。

「でもさ優輝！　入れ替わるのって楽しいね！」

昴希は本当に楽しそうに伝えてくる。正直、俺も昴希と同じように楽しい……けど、昴希の家族を騙《だま》している気がするし、全く罪悪感がないわけじゃない。

それに昴希が俺だってバレていないってことは、当たり前だけどやっぱり俺の家族は昴希が俺じゃないってことに気づけていない。それも……なんだかな。

「優輝……？」

急に黙ってしまったせいか、昴希は心配そうにこっちを見てくる。

「……昴希はさ、俺と昴希が入れ替わっていることに、自分の家族が気づいてないことには、その……なんとも思わないの？」

「うーん、別になんとも思わないなぁ。だってオレと優輝の顔、全く同じだし！　それより入れ替わるのが楽しければいいでしょ！」

「なんか考え方が雑だなぁ……でもそういうの、ちょっと羨ましいよ」

それに昴希《こうき》は「そうでしょ！」と太陽みたいな笑顔を返してきた。顔は全く同じはずなのに、こいつの方がイケメンに見えるのは俺の勘違いか……？

それから俺たちは入れ替わって起きたちょっとしたハプニングだったり、面白かった出来事だったりを話し合った。入れ替わるようになってから二人の話題はこればかりだ。

「……そういえば、もうすぐ夏祭りだな」

昴希と喋《しゃべ》っている最中、彼が着ている法被みたいなパーカーを見てふと思い出す。

「狐火《きつねび》祭りでしょ？　優輝《ゆうき》は行くの？」

「いや、たぶん……というか絶対に行かない」

高校に入るまで友達が全くいなかった俺は、小学生の頃に一度だけ秀也《しゅうや》と参加した時以外は夏祭りには一回も行ったことがなかった。

だけど去年だけは、タマと一緒に夏祭りの最後に打ち上げられる花火《はなび》を見た。

その花火は爺《じい》ちゃんと爺ちゃんの同僚たちが作った花火で、びっくりするほど綺麗《きれい》だったことを今でも覚えている。

でも今年はきっとタマはいないから、俺が夏祭りに行く理由も花火を見る理由もない。

「ふーん。まあオレは友達に誘われるだろうから行くけどね」

「言い方がうざいなぁ……」

俺の言葉に、昴希は「でしょ〜」と勝気に言ってくる。あーうざい、うざいはずなのに……憎めないんだよなぁ。それが彼が人気のある理由の一つなのだろうか。

「あっ、狐火祭りといえば、別称があるの知ってる？」

「劣等祭《れっとうさい》だろ？　有名じゃん」

語感的にマイナスな意味がありそうだけど実はそうではなくて、その別称の由来は祭りに参加した平凡な人、もしくは平凡以下——劣等な人にはその年に良いことが起きると言われているから。

例えば、ずっとベンチだった野球部の生徒がレギュラーになれたり、何年も平社員だった人が急に出世したり、無名の美術家が急に世界的に有名になったり等。

……あくまでも噂《うわさ》だけどな。ちなみに俺は子供の頃に祭りには参加しているけど、噂で聞いたみたいな良いことなんて起こってないからこの話は全く信じていない。

「大正解！　そんなキミには頭をナデナデしてあげよう」

「やめろ、うざい、暑苦しい」

昴希が頭に手を置いてくると、俺はすぐにそれを払いのける。それに不満げな顔を見せる昴希。……いや、当然の反応だろ。俺はお前の弟でもなんでもないんだぞ。

「……さてと。そろそろオレは帰ろうかな。優輝は頭をナデナデさせてくれないし」

「させるわけねーだろ。……つーか、俺も用事ないしもう帰るわ」

二人してその場で立ち上がると、神社がある森の入り口まで移動した。

「じゃあね、優輝《ゆうき》。また入れ替わる時に会おうね」

「おう。じゃあな昴希《こうき》」

そうして俺たちは別れた。初めて会った時はなんだこいつって思ったけど、今となっては友達……かはわからないけど、かなり仲良くなってしまった。

なんだかんだいって、昴希はめっちゃ良いやつだしな。

だから、昴希は〝特別〟な人にもなれたんだろう。

一方俺は——なんて考えてもしょうがない。そんなことはもう考えなくていいんだよ。

どうせ俺は〝特別〟にはなれないんだから。

昴希と入れ替わっていて、改めて感じたんだ。

この世界には〝特別〟になれる人と〝特別〟になれない人がいるんだって。

そして俺は後者だった。たったそれだけの話。

そういえば昴希と入れ替わっているのは、タマに戻ってきてもらうためだったっけ？

確かにタマには戻ってきてもらいたい！　めちゃくちゃ戻ってきて欲しい！

……でもさ、なんか……なんていうか……そういうの考えるの……。

——疲れてきちゃったな。

◇◇◇

夏休みが中盤を迎えた頃。今日は入れ替わっていなくて、俺は母さんに買い物を頼まれて街を歩いていた。今日は夏の中でもかなり暑いらしく、もし昴希のパーカーを着ていたらと思うと……もう恐怖だな。

「ハボック～！　ハボック～！」

あまりの暑さに体が溶けそうになっていたら、意味不明な歌が聞こえてくる。

歩道の際で、長い髪のお兄さんがギターを持って地べたに座っていた。

不気味な見た目をしているけど、俺は……というかこの辺りに住んでいる人たちはみんな知っている。通称『ハボックお兄さん』と言って、去年の秋あたりからいつも同じ場所で「ハボック」という単語を連呼する歌を歌っている。本当に不思議なお兄さんだ。

ちなみに歌はプロ並みに上手《うま》い。それだけにあんまり職質はされないらしい。

……とりあえず今日もお兄さんはスルーしよう。

「アイス食いてぇ～」

ただでさえ暑すぎるくらいなのに、歩いてさらに体温が上がってきて思わず言葉が漏れてしまう。しかし、手元には母さんから渡された買い物分のお金しかなくて、別にいらないだろと思って自分の財布も持ってきていない。

こんなことだったら持ってくればよかった。そう嘆きながら足を進める。

すると、前方から俺がいまもっとも欲しているアイスを手に持ちながら歩いてくる人影が見えた……いいなぁ。羨ましがっていると、その人影は徐々に近づいてきて——！

「丸谷《まるや》かよ……⁉」

「あっ、小川《おがわ》くん」

アイスを片手に歩いていたのは、丸谷だった。彼女の家は俺の家とそんなに遠くないらしいけど場所はよく知らない。

でも、休日とかに彼女とは本当にたまにこうして会うことがある。

「その……小川くんはどこかに遊びに行くの？」

「いいや、母さんに買い物を頼まれたんだ。つーか、俺には一緒に遊びに行くような人なんてほとんどいないし」

「えっ……そ、そっか。ごめん」

「あっ、悪い。別に謝らせるつもりじゃなくて……」

俺と丸谷の間に気まずい空気が流れる。

文化祭の日。俺と丸谷はちゃんと仲直りをした……けど、なんか距離が空いちゃって、完全に前みたいな関係には戻れないでいた。

「アイス、どこで買ったんだ？」

「……そこのスーパーだよ」

「ちょうど買い物する場所じゃん。じゃあ俺もそこで買おうかな。買い物用に渡されたお金使って」

「うーん、それはダメじゃないかな」

「さすがにダメかぁ」

そんな軽いやり取りをしたあとも、お互い黙ってしまって少し空気が重くなる。

……こりゃ俺がさっさと去った方がいいか。

「じゃあ俺、もう行くわ」

「あっ……う、うん」

俺は丸谷《まるや》に告げたあと、彼女の横を通り過ぎて歩いていく。

「お、小川《おがわ》くん」

しかし、不意に丸谷に名前を呼ばれた。

「？　なんだ？」

振り返って訊《たず》ねると、彼女はちょっと緊張した様子。

大丈夫かな、と心配していたら、彼女は意を決したようにこんなことを言ってきた。

「その……な、夏祭り一緒に行かない？」

丸谷の言葉を聞いて、俺は驚いて一瞬言葉が出なかった。

だって誰かに夏祭りに誘われたのなんて、初めてだったから。

「夏祭りって……狐火《きつねび》祭りのことか？」

「う、うん……お、小川くんと一緒に行けたらいいなって」

丸谷の言葉に、ものすごく嬉《うれ》しくなる。

俺も丸谷と一緒に夏祭りに行きたい、と強く思った……けど。

「……ごめん。今年は用事があって無理かな」

断ると、丸谷は顔を少し俯《うつむ》けて「……そっか」と呟《つぶや》く。

そんな彼女を見て、胸のあたりが苦しくなった。

……それでも俺は丸谷と夏祭りには行けない。少なくとも今年は。

去年、俺はタマと一緒に夏祭りを過ごして、本当に楽しかったんだ。

だから今年に丸谷と一緒に夏祭りに行っても、きっとどこかに行ってしまったタマのことを思い出してしまう。それは丸谷に対して失礼だろう。

「……本当にごめんな」

「ううん、用事があるんだったら仕方ないよね」

丸谷は首を横に振って、そう言ってくれる。

その時、また胸のあたりがチクリとしたけど、丸谷と一緒に夏祭りに行っても、俺のせいで酷《ひど》い空気にしてしまいそうだし……だからこれでいいんだ、と自分を納得させた。

それから俺は丸谷《まるや》と別れて、スーパーに向かった。

めちゃくちゃ暑いはずなのに、この時は胸の奥の方だけ少し冷たく感じた。

◇◇◇

「おう優輝《ゆうき》」

まだ夏休み中のとある日。俺は爺《じい》ちゃんの家に来ていた。

爺ちゃんはいつものように縁側で、花火《はなび》玉をいじっている。

「よう爺ちゃん」

「仕事仲間からスイカもらったんだが、食うか？」

「まじ？　食べる食べる」

爺ちゃんの隣に座ると、爺ちゃんは一旦立ち上がってスイカを持ってきてくれた。

すでに切り分けられており、冷蔵庫で冷えていたのかキンキンに冷たい。

めっちゃ美味《うま》そう。

「なんか忙しかったのか？」

「ん？　なんで？」

爺ちゃんに訊《き》かれて、俺はスイカを頬張《ほおば》りながら訊き返す。

「前に来てから、随分と間が空いているからな」

「まあそうだけど……」

確かに爺ちゃんが言った通り、夏休み中、俺は昴希《こうき》と入れ替わってばかりだったから、実は夏休みに入って爺ちゃんの家に来るのはこれが初めてだったりする。

「ちょっと色々あって」

「また明彦《あきひこ》と清香《きよか》さんか？」

「いいや、違う違う」

爺ちゃんが心配してくれるが、俺は首を横に振る。

……まあ相変わらず母さんたちには秀也《しゅうや》と比べられまくってるけどな。

「なんだよ爺ちゃん。そんなに俺のこと心配してくれるのかよ。それとも俺にそんなに会いたかったのか？」

「そんなの両方に決まってんだろ。孫のことは心配にもなるし、顔も見たくなるよ」

「そ、そっか……」

爺ちゃんの真っすぐな言葉に、ちょっと戸惑ってしまう。

なんとなくだけど爺ちゃんって若い頃、モテただろうなぁ。

「今日は一段と大きい花火玉いじってるな」

「まあな。今度の狐火祭り《きつねび》に使おうと思ってんだ」

狐火祭り。その単語を聞いて、丸谷《まるや》の誘いを断ったことを思い出してしまい微妙な気持ちになる。

「優輝《ゆうき》は行くのか？　狐火祭り」

「ううん、行かないよ」

「行かないのか？　そりゃどうしてだ？」

「どうしてもだよ」

そう伝えると、爺《じい》ちゃんはそれ以上訊《き》かなくなった代わりに残念そうな顔をする。

「優輝にでっかい花火《はなび》を見せようと思ってたんだけどなぁ」

「そんなこと言われても……」

……来年でも爺ちゃんの花火は見れるし、別にいいよな。

それに――。

「それに俺に、って言うけど、自分の孫だったら俺じゃなくても誰でもいいんだろ」

昂希《こうき》と入れ替わっている時に思ったんだ。昂希は『小川《おがわ》昂希』だから両親や朝陽《あさひ》たちに優しくされたり心配されたりする。みんなにとって『小川昂希』が大切な存在だから、彼の生きている意味を示すように常に〝特別〟な人として扱う。

でも爺ちゃんが俺に優しくしたりするのは、きっと俺が自分の孫だから。

俺が『小川優輝』だから、じゃない。

「確かに秀也《しゅうや》もワシにとって可愛《かわい》い孫だ。あいつにも花火は見てもらいたいな」

「ほらやっぱり」

「……でもな、優輝はなんかワシと似ているところが多いし、感性っていうのか？　そういうのも同じな気がするし……話していて楽しいのは優輝だな」

話し終わったあと、普段は強面《こわもて》の爺ちゃんが優しく笑った。……爺ちゃん。

「爺ちゃんはそう思ってくれていても、母さんと父さんはどうかな」

「明彦《あきひこ》と清香《きよか》さんも、きっと優輝のことを大事に想《おも》っているさ」

「それは俺が二人の息子だから？」

訊《たず》ねると、爺ちゃんはゆっくり首を左右に振った。

「お前が優輝だからだよ」

「そ、そうかな……？」

「なんだよ自信なさそうな顔して。そんなに気になるなら直接訊いてみたらどうだ？」

「直接って……」

「訊きたいことは直接訊くしかないだろ？　それに優輝が言いたいことも二人に言ってやりな。そうしないと一生モヤモヤしたままだぞ？」

爺ちゃんは煽《あお》るように言ってくる。……これも爺ちゃんなりの優しさなんだろう。

そういや俺のことをどう思っているかなんて母さんにも父さんにも訊《き》いたことがなかったし、俺が思っていることをちゃんと二人に伝えたこともなかった。

爺《じい》ちゃんが言った通り、母さんたちに直接訊いて俺が思っていることも言葉に出して。

二人とちゃんと話したら、何か変わるのだろうか？

「勇気、出してみな」

まだ迷っていると、爺ちゃんは俺の胸のあたりをコツンと叩《たた》いた。

そんな爺ちゃんは今度はカッコよく笑っていた。

今までずっと俺の話を呆《あき》れもせずに聞いてくれていて、励ましてくれようとしていた爺ちゃんの言うことなら、信じてもいいいんじゃないか。

そう思って——俺は決心した。

「俺さ、母さんたちとちゃんと話してみるよ」

宣言すると、爺ちゃんは「頑張れよ！」と勇気づけるようにまた俺の胸のあたりを軽く叩いた。……ちょっと痛いよ、爺ちゃん。

でもこれから両親とちゃんと話して、もし良い結果になったら——ひょっとしたら今までとは違った人生を歩めるかもしれない。

その時、俺はそんな期待をしていたんだ。

◇◇◇

爺ちゃんの家から帰ってくると、すぐに晩ご飯の時間になった。

今日は父さんが仕事が早く終わって、家族四人で食卓を囲む。

両親とちゃんと話そうと決めた直後に、これはすごく幸先《さいさき》が良いな。

「兄さん、お爺ちゃんの家行ってきたんでしょ？　どうだった？」

いつ話そうかタイミングを探りつつ晩ご飯を食べていたら、秀也《しゅうや》が訊《たず》ねてきた。

「どうだったって……いつも通りだよ。爺ちゃん元気にしてたぞ」

「本当！　僕も塾の夏期講習がなかったら会いに行くのになぁ」

秀也は羨ましそうな瞳でこっちを見てくる。夏休み中、ずっと暇してる俺と違って秀也は毎日のように塾に通っている。来年が受験っていうのもあるだろうし、秀也が受験を予定している高校は偏差値がめっちゃ高いからな。今から準備しておかないとダメなんだろう。……まあ来年に受験っていうのは俺も同じなんだけど。

「優輝《ゆうき》も遊んでばかりいないで秀也を見習って欲しいわね」

「そうだなぁ」

母さんはご飯を食べながらついでみたいに言って、父さんは残念そうな表情を浮かべている。

「ちょっと母さんたち……！」

しかし秀也《しゅうや》が鋭い視線を飛ばすと、母さんたちはそれ以上口を開かなくなった。

またいつもみたいに弟に守られて……って何やってんだよ、俺。

俺は両親とちゃんと話すって決めたんだ。

その結果次第で、こういうやり取りだってなくなるかもしれない。

いや、もういっそ両親だけじゃなくて秀也もいるこの場で、家族全員とちゃんと話したい。みんなに俺のことを訊《き》きたい、俺が思っていることを言葉にしたい。

だから……だから俺は！

「あ、あのさ――」

「兄さん、ちょっと訊いてもいい？」

意を決して話そうとした瞬間、不意に秀也に声を掛けられた。

な、なんてタイミングで話しかけてくるんだよぉ……。

「最近たまにさ、兄さんがすごく明るくなる時があるんだけど、あれってなに？」

心の中で嘆いていると、秀也からよくわからないことを訊かれる。

きっと秀也と比べられてしまった俺を楽しませようと、話題を振ってくれているんだと思うけど……さっぱりわからない。

すごく明るくなる時？　なんのことだ？

「ほら！　いきなりすべらない話する〜とか言ってる時あるじゃん！　その時だよ！」

「すべらない話って……！」

どこかで聞いたことあるなぁ、と思っていたら——思い出した。

秀也が話している俺はきっと俺のことじゃなくて、俺と入れ替わっている時の昴希《こうき》だ。

あいつ、どこが完璧に俺の真似《まね》ができてるだよ。全然できてないじゃないか。

もはやただ昴希として俺の家に寝泊まりしているだけ。

……まったく、そんな勝手なことしていて今までよくバレなかったな。

「僕さ、できるならあっちの兄さんの方が良いと思うんだ！　だって兄さん自身がすごく楽しそうだし！　僕も楽しいよ！」

不思議に思っていたら、秀也がそう言って目を輝かせた。

昴希の時の方が良い……？

「そうね。暗いより明るい方が私も好きだわ」

「優輝《ゆうき》、俺も普段のお前より明るい方が良いと思うぞ！」

母さんも父さんもそんなことを言い出した。

明るい俺の方が——昴希の方が良いって。

……それで何となくわかった気がした。

どうして昴希は好き勝手してたのに家族にバレなかったか。

みんな俺よりも昴希《こうき》と一緒にいたいと思っているからだ。

いつもの俺よりも明るくて楽しそうにしている昴希と一緒に過ごしていたいと、そう思っているからだ。

何もない俺よりも〝特別〟な昴希と——。

……なんだよそれ。

「なんだよそれ!!」

俺は叫ぶと同時に、怒りを抑えきれず思い切りテーブルを叩《たた》いた。

そのせいで、俺のおかずやご飯が入った食器が全てひっくり返る。

「ちょっと優輝《ゆうき》！　何しているの！」

「ゆ、優輝、急にどうした？」

母さんは怒り、父さんは驚いたような顔をしている。……当然だ。母さんたちにとっては普通に話していたら、突然俺がキレたように見えるのだから。

「ど、どうしたの兄さん……？」

秀也《しゅうや》もびっくりしたような反応をしていた。

……秀也、お前は俺のこと大好きだったんじゃないのかよ。俺のこと尊敬しているんじゃないのかよ。

正直、昴希と入れ替わっている時、母さんと父さんはわからなくても、秀也だけはどこかで違和感を感じてくれているんじゃないかなって思ってた。

……でも違ったんだな。

結局、秀也も〝特別〟な昴希が良いんだな。

母さんも父さんも——みんな〝特別〟な昴希が良いんだな！

……わかったよ。そんなに昴希が良いのなら望み通りにしてやるよ。

最初は家族と、少なくとも両親とちゃんと話そうと思っていたけど、そんな必要はなくなった。俺はもうこの家族にはいらないってわかったからな。

それなら何もない俺は、家族の前から消えてやればいい。

それに俺だって、もうこんな俺のことは必要ない。

本当に何もできない、生きている意味も見出《みいだ》せない俺のことなんて必要ないんだよ！

だから、この後に俺がやるべきことは一つだけ。

それは——。

◇◇◇

翌日の昼頃。俺はいつもの廃れた神社に来ていた。昴希《こうき》と会うためだ。

昨晩、彼には電話をしてこの時間に来て欲しいと伝えている。

ちなみに昨日、俺がテーブルを叩《たた》いたあとは適当に三人に謝って、その後は空気がめちゃくちゃ悪かったけど、続けて晩ご飯を食べた。

今朝も家族の誰ともまともに会話をしていない。

母さんはそもそも話しかけてこなかったし、父さんは一応気にしていたのか一度だけ声を掛けてきたけど、無視したらそれっきり何も言ってこなくなった。

秀也《しゅうや》は何度も話しかけてくれたが、それに俺は適当に言葉を返した。

でも、まだ俺が怒っていると思っているのか、彼はずっと不安げな顔をしていた。

……別にもう怒っていないさ。

ただ俺はもうこの家族にとって必要ないんだなぁって思っているだけ。

怒るというより、もはやなんの感情も湧かなくなった。

これ以上、俺自身のことでもう感情を動かされたくない。……疲れた。

「おっ、今日はオレより早いんだね～」

色々考えていると、快活な声が聞こえてきた。昴希だ。

「まあ……たまにはな」

「あれ、テンション低いな～。よくないよ？　オレと同じ顔でそんな辛気くさい顔するの」

ポンポンと肩を叩いてくる昴希。本当にこいつは明るくて、いつも楽しそうだな。

俺と違って……。

「で、今日も入れ替わりをするのかな？」

昴希は期待した瞳で、こっちを見てくる。

「そうだな……入れ替わりたい」

「いいね～オレもそろそろまた入れ替わりたいって思ってたんだ～」

昴希はそう言うと、上機嫌に鼻歌を歌い出す。

いつも思っていたけど、昴希は何もない俺と入れ替わっていて楽しいのだろうか？

「なあ昴希。俺と入れ替わっている時、楽しいか？」

気になって直接訊《たず》ねてみると、

「もちろん！　めっちゃ楽しいね！」

昴希はキラキラした笑顔を浮かべて迷いなく答えた。本当に楽しそうだ。

それなら――。

「あ、あのさ……」

話しかけると、昴希は少し不思議そうな表情をしていた。

きっと俺が緊張しているせいだ。

……でもまあ、こうなるのも仕方がない。

これから俺が昂希《こうき》に言おうとしていることは、俺が俺でいることをやめることだから。

「この先、ずっと入れ替わったままでいないか？」

「……ずっとって、夏休みが終わるまでずっとってこと？」

「いいや違う。この先一生ってことだ。死ぬまでってこと」

俺の言葉に、昂希は驚いて一瞬言葉が出なくなった。

そりゃそうだ。いきなり一生別の人と入れ替わろうなんて言われたら、誰だってこうなる。それから彼は考える仕草を見せて、暫《しばら》く黙ってしまう。

「もちろん昂希が良かったらだけど……」

沈黙の間に、俺はそう補足する。

当然、これは昂希が嫌だったら実行することはできない。

その時はもう諦めて、俺は何もない俺として生きていくしかない。

ずっと〝特別〟な人たちを外から眺めながら、ずっと〝特別〟な弟と比べられながら、ずっと何もない俺を必要としていない家族と一緒に過ごしながら、生きていくしかない。

「優輝《ゆうき》はいいの？」

昂希の答えを待っていたら、思わぬ言葉が返ってきた。

「いいって……？」

「だからさ、優輝はずっとオレと入れ替わったままでもいいの？」

昴希は真っすぐにこちらを見つめて、訊《たず》ねてくる。

しかし、それに俺は考えることもせず即答した。

だって小さい頃から自身のことについてずっと考えていた俺にとって、今更考えることなんて何もないから――。

「あぁ、俺はずっと入れ替わったままでもいい」

「……そっか」

昴希はそう返すと顎に指を添えて、また考えている。ずっと入れ替わるなんて、かなり大ごとだからな。ゆっくり考えてもらえたらいい。

「……いいよ」

そう思いながら待っていたら、昴希が答えを言ってくれた。

「本当か？」

「うん！　オレも自分でいる時は気遣いすることも気遣いされることも多くて疲れるし……優輝でいる時の方が楽しいからね！」

昴希はニコッと笑う。その様子から彼も本心で入れ替わっていいって言ってくれていることがわかった。

……よし。これで俺はもう俺でいなくていい。

何もない俺でいなくてもいいんだ！

「じゃあこれからオレは『小川優輝《おがわゆうき》』として生きていくね」

胸の内で喜んでいると、昴希《こうき》がそう言ってきた。

そんな彼の手には、トレードマークのパーカー。

受け取ってくれってことだよな……？

「あぁ。俺は『小川昴希』として生きていくよ」

俺はパーカーを手に取ると、昴希に宣言した。

こうして俺は『小川昴希』として、昴希は『小川優輝』として生きていくことになった。

しかし、そう言っても昴希は秀也《しゅうや》たちの話を聞く限り、俺のフリなんて全くしていない。

入れ替わっている時、昴希は昴希として俺の家族と一緒に過ごしているんだ。

それはずっと入れ替わることになったとしても、きっと変わらないだろう。

だから正確には、今後は俺も昴希も『小川昴希』として生きていくことになる。

つまり――この世界から『小川優輝』は消えたんだ。

# 第四章　TAMAYA

昴希と完全に入れ替わって以来。俺は『小川昴希』として毎日を過ごしていた。

今まで何回も入れ替わってきたおかげか、いまとなっては特に緊張することなく昴希として振舞うことはできている。

ひょっとしたら細かい部分はまだ違うところがあるのかもしれないけど、昴希の両親や朝陽《あさひ》たちにバレていないからきっと問題ないだろう。

けれど夏休みが終わって学校が始まったら、いまみたいに誤魔化《ごまか》せず俺と昴希が入れ替わっていることなんて簡単にバレてしまうかもしれない。だって俺と昴希は勉強でも運動でも他にも沢山能力の差があるから。……もしバレたらその時はその時だ。大人しく入れ替わることをやめるしかない。

でも完全にバレたりしない限り、俺は全力で『小川昴希』として振舞い続ける。

完全に入れ替わることになって、昴希の両親や朝陽たちにはこれまで以上に罪悪感を抱くようになったけど、それでもやっぱり入れ替わるのはもう止《や》めようなんて思いはしなかった。むしろ俺がもっと『小川昴希』らしく生きればいいって、そう思った。

それくらい『小川優輝』に戻るのは、もう嫌なんだ。

「昂希《こうき》、なんか今日めっちゃ運良いじゃん！」

まだ夏休みのため、今日は朝陽《あさひ》たちが家に遊びに来ていて『マルオパーティ』をみんなで一緒にプレイしていた。

たったいま朝陽が言った通り、今日の俺はサイコロを回したら、9とか10しか出なくて、めちゃめちゃ俺のキャラが進む。

おかげでミニゲームはあんまり勝てていないけど、先ほど二個目のスターを取った。

「やっぱり普段の行いが良いからかな」

俺は昂希っぽく、ちょっと調子に乗ってみせる。

「なんだよそれ～。オレたちが悪いやつみたいじゃんかよ～」

朝陽が笑顔で言ってくると、それを聞いていた三葉《みつは》と夜見《よみ》がちょっと待ったと言わんばかりに会話に割り込んでくる。

「ちょっと朝陽。オレたちって、ボクも含めないでよ」

「そうだぞ。オレだって悪いやつなんかじゃない」

反論する二人に、朝陽は「そんなことないだろ～」とまた笑った。

……なんかこういう複数人のワイワイした会話、楽しいよな。もし『小川優輝《おがわゆうき》』として生きたままだったら、ずっとこんな風に喋《しゃべ》られなかったんだろうなぁ。

「急に黙って、どうした昴希？」

あれこれ考えていたら、朝陽が不思議そうな表情をしていた。

他の二人も同じような顔をしている。

「別になんでもないよ！　ただ朝陽たちは普段の行い悪いんだなって思って！」

からかうように言ってみせると、朝陽たちは楽しそうな表情に変わった。

「昴希、言ってくれるね～」

「そんなこと言うなら、今から本気出しちゃうからね！」「オレも全力出すぞ」

三人はやる気を出したようにコントローラーを持った。

でも、やっぱりみんな楽しそうで……俺もめっちゃ楽しい！

それから、いつもみたいに俺たちは日が暮れるまで『マルオパーティ』をやり続けた。

「ほ～ら、今日はみんなのためにアップルパイを作っておいたのよ～」

何時間も『マルオパーティ』で遊んだあと、ママ友と外に出かけていた昴希母が帰ってきて、昨晩から作ってくれていたアップルパイを出してくれた。

遊び疲れた俺たちは腹が減っていて、勢いよく食べまくった。

「昴希の母ちゃんはまじで料理上手《うま》いな」

「シェフでもパティシエでもなれちゃうよね」「オレもそう思う」

パクパクと食べ進めながら、そう話している三人。

俺も彼らと同じように思う。昴希《こうき》母は本当にどこかでお店とか開いた方が良い。

それくらい料理が上手《うま》い。……俺の母さんなんて料理は普通だったからな。

「いっぱい作ったから、みんなたくさん食べてね～」

母さんの言葉に、三人が「「「はーい！」」」と元気よく返事をした。

「昴希、ひょっとして美味《おい》しくなかった？」

するとと俺だけ感想を言っていないのが不安だったのか、昴希母はそう訊《き》いてきた。

「ううん、美味しいよ！」

「そう！　良かったわ～」

俺の言葉に、昴希母は安心したように胸を撫《な》でおろす。

こんなに料理が上手いのに、彼女は誰にでもめちゃくちゃ優しい。

俺の母さんなんて、俺とデキの良い弟を比べまくるからな。本当に昴希母とは大違いだ。

「おっ、なんだ？　アップルパイを食べてるのか？」

昴希父が仕事から帰ってきたらしく、リビングに入ってきた。

それから昴希母、昴希父、朝陽《あさひ》たちと一緒に楽しく喋《しゃべ》りながら、アップルパイを食べた。

正直、ものすごく楽しかった！

昴希父だって父さんみたいに俺に呆《あき》れたりしないし、朝陽たちだって秀也《しゅうや》みたいに上っ面じゃなくて昴希としてでも俺のことをちゃんと必要としてくれる。

だから気兼ねなく喋ることができて、本当に楽しかった！

……それなのに、たまに俺の家族のことがチラつくのは、どうしてなんだろう。

まあ気にしなくてもいいか。きっとそのうち自然にチラつくこともなくなるはず。

だって『小川《おがわ》昴希』として生きていたら、こんなにも楽しいんだから。

◇◇◇

「優輝《ゆうき》、その後調子はどうだい？」

廃れた神社にて。隣で石段に座っている昴希がちょっと楽しそうに訊《たず》ねてきた。

完全に入れ替わってからも、昴希とはこうして会うようにしている。

お互いの正体がバレてしまっていないか、他にも何か問題が起こったりしていないか情報交換をするためだ。

「普通に楽しくやってるよ。ずっと入れ替わりたいって言い出した俺が言うのもあれだけど、正直、俺と入れ替わっても良いって思う昴希の気持ちがわからん」

「そうだなぁ……まあ優輝にはわからないかもね～」

昴希はからかうようにそう口にする。……まあ〝特別〟な人には〝特別〟な人にしかわからない何かがあるんだろう。そんなこと俺がわかるわけがない。

「昴希《こうき》の方はどんな感じなんだよ？」

「オレ？　そりゃ順調だよ。優輝《ゆうき》と入れ替われてめっちゃ楽しい！」

昴希はそう言ってくれるし本当に楽しそうにしているんだけど……やっぱり俺なんかと入れ替わって何が楽しいかわからない。

「……今さら聞くんだけどさ、俺と入れ替わってまじで何が楽しいんだ？」

だから本人に直接訊《き》いてみると、

「そりゃもう秀也《しゅうや》くんは良いやつだし、優輝のお母さんやお父さんもオレのこと大事に思ってくれて優しいからかな」

「秀也が良いやつってのはわかるけど……母さんと父さんが優しい？」

さっぱり意味がわからない。母さんと父さんのどこに優しい面があるんだ？

いつも弟と比べてばかりで、呆《あき》れた顔ばかりしてきて……なんか思い出しただけで腹が立ってきたな。

「まあお互いの本当の家族のことなんて、オレにもキミにも関係ないことだけどね」

「……まあそうだな」

そうだ。もう母さんも父さんも、秀也だって俺には関係ない。

だって、彼らはもう俺の家族じゃないんだから……。

「あっ、そういえば優輝に言い忘れていたことあったんだ」

「その言い方、めっちゃ嫌な予感するんだけど……」

俺がそう言うと、昴希はニコニコと笑う。……これ、予感が的中してるっぽいな。

「実はね、優輝の友達の花火《はなび》ちゃんって可愛《かわい》い子から夏祭りに誘われているんだけど……どうする？」

昴希の言葉に、俺は驚く。

丸谷《まるや》から夏祭りに誘われている？　一度断ったのにまた誘ってくれたのか……。

「つーか、どうするってなんだよ？」

「だって花火ちゃんが優輝の好きな人だったら、一緒に行ったらまずいかなぁって」

そう言いながらニヤニヤしている昴希。なんだよその顔は……。

「……別に勝手にしたらどうだ？」

「あれ？　あんなに可愛い子とオレが一緒に夏祭りに行ってもいいの？」

「丸谷はただの友達だよ。そもそも俺に訊くことじゃないだろ。俺はもう『小川《おがわ》昴希』なんだぞ」

「それは……そうだけどさぁ」

昴希はつまらなそうな顔になる。お前は俺に何を言わせたいんだよ。

……まあ大体わかるけど、丸谷だっていまの俺とはもう関係なくなったんだ。

俺はもう『小川優輝《おがわゆうき》』として生きるのはやめたんだから。

「とにかく昴希《こうき》が丸谷《まるや》と一緒に夏祭りに行きたいなら、俺のことなんか気にせずに行ってくれ」

「……そっか。わかったよ」

俺の言葉に、昴希は一つ頷《うなず》いた。これで昴希は丸谷と一緒に夏祭りに行くだろう。

昴希と一緒の夏祭りなら丸谷だって絶対に楽しめるはず。それくらいの明るさが、昴希にはある。……本当に顔だけは全く一緒なのに、他は俺とは何もかも違うよなぁ。

「俺、そろそろ帰るわ」

「うん。じゃあオレも帰ろうかな」

だいぶ話し込んでしまったので、俺たちは各々家に帰ることにする。

もちろん俺は昴希の家へ、昴希は俺の家へ。

その後、俺たちは神社がある森の入り口で別れた。

昴希の家に向かいながら、俺は昴希と丸谷が一緒に夏祭りで楽しんでいるところを想像してしまった。わかってはいたけど、やっぱり少しだけ胸がモヤモヤしてしまった。

◆◆◆

およそ一年前の夏頃。その日は夏祭りが催されていた。

夏祭りは河川敷で行われて、周辺に住んでいる人の多くは参加していた。

特に学生なんかは、ほとんどみんな夏祭りに行っていたと思う。

一方、小学生の時のいつかは忘れたが、その時に秀也《しゅうや》と一回だけ参加して以来、どうせ友達もいないからと一度も夏祭りに行っていなかった俺は、久しぶりに夏祭りに行ってみようと思っていた。

と言っても、河川敷自体には行かずにいつもの廃れた神社に向かったんだけど。

理由は、ゴールデンウィークに助けたキツネと一緒に花火《はなび》を見るためだ。

周辺の木々が少ない神社からは、綺麗《きれい》な夜空が見える。

そのことを爺《じい》ちゃんに言ったら、爺ちゃん曰《いわ》く神社からはきっと花火が見えるらしい。

「花火、楽しみだな」

石段に座りながら、隣にいるキツネに話しかける。

……このキツネにはまだ名前はついていなくて、どうしても呼ばないといけない時は「キツネ」とか「お前」とかで呼んでいた。

あまり良くないことだけど、良い名前が思いつかなかったんだ。

一匹で頑張って神社で暮らしていて、俺の友達とも呼べるこのキツネには、どうしても良い名前をつけてあげたかった。

「クゥーン」

俺の言葉に、キツネは元気よく鳴き声を出してくれた。

花火《はなび》が打ち上がるなんてキツネはわかっていないだろうけど、何か面白いことが起こるのかなってことは何となく察しているのかもしれない。

こうやって友達と一緒に夏祭りに参加するのは初めてだよなぁ。……って河川敷にも行ってなけりゃ、友達もキツネだけど。それでも俺はすごく嬉《うれ》しい。

「俺さ、お前に出会えて良かったよ。学校に行っても家にいてもつまらなくてさ……正直、なんか色々どうでもよくなってたんだ」

そう話すと、キツネはちょっと悲しそうな顔をする。

俺が少し暗い顔をしてしまっているのかもしれない。

「でもな、お前と一緒にいるとめっちゃ楽しいし、お前のおかげで毎日が前よりも色鮮やかになったんだ！」

俺は笑ってみせると、キツネは安心したように「クゥン！」とまた鳴き声を出した。

詳しくはわかっていないだろうけど、俺の言葉はなんとなく伝わったみたい。

……良かった。

「もうずっと、お前と一緒にいれたらいいのになぁ」

夜空を眺めながら、呟《つぶや》いた。

そうしたらきっと俺の人生はもっと楽しくなるだろうなぁ。

なんならこのキツネが人間になってくれないかな、なんて……。

そんなことを考えていた時だった。

不意にヒューという笛のような音が響いて——。


夜空に綺麗《きれい》な花火が打ち上がった。


「おぉ～めっちゃ綺麗じゃん！」

遅れて聞こえてきた爆発音と共に、美麗な花火を堪能する。

それからキツネはどうしてるだろうと気になって見てみると、夢中で夜空を眺めていた。

感動している……のかな？

「どうだ？　すげぇ綺麗だろ？」

「クゥン！」

俺の言葉に、キツネがどこか楽しそうに反応した。

これって喜んでくれてるよな。そう思うと、俺も嬉しくなった。

すると、次の花火がまた打ち上がる。……やっぱり綺麗だなぁ。

「たまや～」

感動しながら、夏祭りで定番の言葉を叫んでみた。

ちなみに花火《はなび》の時によくやる「たまや」っていう掛け声は、江戸時代にいた『玉屋』っていう花火師の屋号が由来らしい。

素敵な花火を打ち上げてくれた人に対して、江戸時代の人たちはその花火師の屋号を叫んでいて、その名残でいまは花火が打ち上がった時に「たまや」って言うみたい。

爺《じい》ちゃんから耳にタコができるくらい聞かされたから、よーく覚えている。

「クゥン！　クゥーン！」

俺の真似《まね》をしようとしているのか、キツネも鳴き声を出した。「たまや」って言っているように聞こえる気がするなぁ。

「たまや～」

「クゥン！　クゥーン！」

また次に花火が打ち上がると、今度は二人で一緒に言ってみた。

おぉ～なんかめっちゃ夏祭りっぽい！

「楽しいな！」

「クゥン！」

そんなやり取りを交わしたあと、キツネはまた花火に夢中になる。

その光景を見ていると、ふと思いついたんだ。

「……タマ」

キツネの名前だ。

たまや、だとそのまんま過ぎるし、ちょっとおかしい気がするから、略してタマ。

まあ猫に付ける名前な気がするけど……でもすごく良いと思った。

だって「たまや」は素敵な花火を打ち上げる花火師に言っていたんだろ。

このキツネも、俺にとって素敵で大切な友達なんだ。

それにこいつ自身も花火がめっちゃ好きっぽいし。

だから――。

「なあ、お前の名前なんだけどさ、タマってどうだ？」

訊《き》いてみると、キツネは顔を向けてくるだけで黙ってしまう。

ひょっとして気に入らなかったのか……？

「クゥン！」

不安になっていたが、キツネは元気よく鳴いてくれた。

どうやら気に入ってくれたみたい。

「よし！　じゃあこれからお前の名前はタマで決まりだな！」

俺がそう口にすると、タマは喜んでいるのか尻尾を可愛《かわい》く振る。

「これからもよろしくな、タマ」

「クゥーン！」

俺が名前を呼んだら、タマは大きな鳴き声で返事をしてくれた。

本当は握手でもしたいけど、キツネには触れることができないから、これだけで充分。

それから俺はキツネ――タマと一緒に花火《はなび》を最後まで見た。

俺にとって忘れられない大切な夏祭りになったんだ。


「……っ！」

起き上がると、そこは昴希《こうき》の部屋だった。また夢かよ……。

「……タマ」

完全に昴希と入れ替わる前までは、タマのことを探しに行ったりしていたけど、今となってはもうそんなことはしていない。……もう諦めたんだ、どうせタマは戻ってこない。

きっと何もない俺に呆《あき》れて、どっか行ってしまったんだ。

何もない俺が少しでも変わったら、僅かの間でも形だけでも〝特別〟になったら、タマが戻ってきてくれるかもしれない。最初はそう思って昴希と入れ替わったけど……そんな都合の良いことが起きるはずないよな。

それに途中から俺は昴希と入れ替わって〝特別〟を味わうこと自体が楽しくなっていたし、正直タマのことが頭から離れることだってあった。

そんな俺の下にタマが帰ってきてくれるはずがない。

……何やってんだろうな、俺。

でも、俺はこれでいいんだ。

今まで『小川優輝《おがわゆうき》』として生きていて感じた、辛《つら》かったことや苦しかったことも。

俺の家族のことも、丸谷《まるや》のことも、タマのことも。

みんな忘れて『小川昴希』として生きていくって決めたんだから。

……これでいいんだよ。

◇◇◇

『小川昴希』として生きていく日々が続いて、夏休みも終盤を迎えた頃。

今日は夏祭りの日だ。

そのせいか昴希母に買い物を頼まれて外を歩いていたら、まだ昼だけど夏祭りで屋台を出す人とかが河川敷へと向かっている姿を見かけた。

ちなみに俺は朝陽《あさひ》たちと一緒なら夏祭りに行きたいなって思ってたけど、今朝連絡があって朝陽たちはみんな急な用事が入ったらしくて、一緒に行くことができなくなった。

他の昴希の友達を誘ってみるのもありだけど、さすがに夏祭り当日はみんな誰かと約束していいるだろうし、そこに割り込むのはいけない気がする。

それに完全に入れ替わったとはいえ誰かを誘うのは元々……というか今もだけどコミュ障の俺にはまだハードルが高いよなぁ。

つーか、よく考えたら昴希《こうき》が夏祭りに行くのなら、俺が夏祭りに行っちゃうと下手したら正体バレちゃうよな。じゃあ結果的に行けなくなって良かったか。

……昴希は丸谷《まるや》と一緒に夏祭りに行くんだよなぁ。本人もそう言っていたし。

二人のことを考えてしまうと……やっぱり微妙な気持ちになる。

まあ、だからどうしたって話だけどな。いまの俺には関係ないことだし、どうこう言う資格もない。……あーあ、やめだやめ。もう昴希たちのことは考えないようにしよう。

「さてと、今日はどうするかなぁ」

昴希の部屋のベッドに寝転びながら考える。

夏祭りに行かないなら、一人でゲームでもするか——って、それじゃあ前までの俺と一緒じゃん。なんなら去年はタマと一緒に花火《はなび》を見たから、前の俺よりもダメになっているし。……せっかく『小川《おがわ》昴希』として迎える、最初の夏祭りの日なのになぁ。

ちょっと落ち込んでいたら、不意にスマホが鳴った。

画面を見てみたら『小川優輝《ゆうき》』が表示されている。

つまり、昴希からの通話だ。

何か問題でも起こったんだろうか？

もしかして、入れ替わっていることがバレたとか⁉

そんな不安を抱きながら通話に出ると、

『よう優輝！　楽しくしてる～？』

予想とは裏腹に、昴希の明るい声が聞こえてきた。

「……なんだよ。何か用か？」

『なにさ、その怒った声。オレ、まだ何も言ってないんだけど』

「うるさいなぁ、用がないなら切るぞ」

『ちょっと待って！　あるある！　大事な用があるんだって！』

昴希が慌てて止めるので、俺は仕方がなく通話を続けることにした。

「……大事な用って？」

声色的に、どうせ大したことじゃないだろ、なんて思いながら訊《たず》ねてみる。

『実はね、花火ちゃんと今日の夏祭りに行く予定だったんだけど、ちょっと体調が悪くなっちゃってさぁ』

昴希はやっちゃったみたいな口調で話す。

「でも、話してる感じ元気そうに聞こえるけど」

『これでも無理して喋《しやべ》ってるんだよ……ゴホッ、ゴホッ』

不意に、昂希《こうき》はせき込んだ。

「お、おい、大丈夫か？」

『大丈夫、大丈夫。ちょっと喉痛いだけだから』

「なんだよ、まじで体調悪いのかよ……」

それなのにどうして電話してきたんだ？　なおさら疑問だ。

不思議に思っていると、昂希が本題を話し始めた。

『それでね、優輝《ゆうき》には悪いんだけど、オレの代わりに花火《はなび》ちゃんと一緒に夏祭りに行って欲しいんだ』

「……え？　俺がお前の代わりに？」

『そうそう。同じ顔だし、というかそもそも花火ちゃんは優輝と夏祭りに行きたいんだから、問題ないでしょ？』

「問題はなくないだろ。俺はもう『小川《おがわ》優輝』じゃないんだぞ」

今更どんな顔して丸谷《まるや》に会えばいいんだよ。

それにこっちは一度誘いを断ってるっていうのに……。

『だって、このままだと花火ちゃんが可哀そうじゃん』

「そうかもしれないけど……しょうがないだろ、お前が体調悪いんだから」

『だから優輝に夏祭りに行って欲しいんだよ』

どうしても俺に夏祭りに行かせたがる昴希。そんなこと言われてもなぁ……。

『花火ちゃんはキミの友達なんでしょ？』

昴希がそう訊《き》いてくる。友達なのに悲しませていいのか、とでも言うように。

……友達か。

そういえば文化祭でセンターに立候補する時に励ましてくれたお礼、まだしてなかったよな。結果は良くなかったけど、それでも丸谷には感謝しているし、ちゃんと何かを返さなくちゃいけない。

夏祭りに行ったら、きっとタマのことを思い出してしまいそうだけど……でも。

「……わかったよ。行けばいいんだろ？」

『行ってくれるの？　ありがとう！』

昴希は嬉《うれ》しそうに言葉を返した。そんなに丸谷を悲しませたくないのだろうか？

まあ丸谷は優しいやつだからな。そう思う理由はよくわかる。

「で、俺は何時にどこに行けばいいんだ？」

『うん、それはね――』

それから俺は昴希から集合する時間と場所を教えてもらった。

こうして俺は昴希の代わりに、丸谷と夏祭りに行くことになったんだ。

◇◇◇

陽《ひ》が少し落ちて、茜色《あかねいろ》の光が街を照らす頃。俺は肩を落としながら一人歩いていた。

「最悪だ……」

理由は服装だ。

『小川優輝《おがわゆうき》』として夏祭りに行くわけだし普通の服を着ていけばいいか、と思っていたんだけど、出かける直前に昴希《こうき》母と昴希父に見つかってしまって、パーカーを着ていないことをちょっと怪しまれてしまった。こんなことで入れ替わっていることがバレるわけにはいかないので、しょうがなくパーカーを着てきたんだけど……。

こんな派手なパーカーで、丸谷《まるや》と会わなくちゃいけないのかよ。

カッコいいパーカーではあるんだけど、俺はこういうの着るタイプじゃないから丸谷に絶対びっくりされるし、なんなら何か言われそう。

憂鬱になって、俺はため息をつく。

それでも歩き続けていたら、ついに集合場所の橋の前に着いてしまった。

この橋は夏祭りが行われる河川敷の傍《そば》を流れている川に架かっていて、周りには人が多い。きっとこの人たちも大半が夏祭りに行くのだろう。

「まだ来てないのかな……」

見渡しても丸谷の姿はない。じゃあ大人しく待っとくか。

その後スマホでも見ながら丸谷のことを待っていると、段々と鼓動が速くなってくる。

丸谷とは久しぶりに会うんだよな。

しかも、冷静に考えたら女子と夏祭りに行くのって人生で初めてじゃん。

で、でも丸谷は友達だし。何もビビることはない。

……やっぱりダメだ、やばい。なんか緊張してきた。


「小川くん」


心臓がバクバク鳴っていると、不意に声が聞こえた。

声がした方に振り向くと、そこには丸谷がいた。

彼女は浴衣姿で……正直、すごく可愛《かわい》かった。

「ご、ごめん、小川くん。待たせちゃった？」

「えっ……い、いいや。普通にいま来たばっかり」

「そ、そっか。なら良かったぁ」

安心したように笑う丸谷。浴衣を着ているせいなのか、普段の何倍も可愛く見えて簡単に心音が速くなってしまう。

「じゃ、じゃあとりあえず行くか」

「う、うん。そうだね」

二人で一緒に歩き出す。

「小川《おがわ》くんのパーカー？　暑くないの？」

すると、すぐに丸谷《まるや》にパーカーのことを指摘された。当然だよなぁ……。

「まあちょっと色々あって……」

「そ、そうなんだ……でも似合ってるよ」

丸谷は優しくそう言ってくれた。

良かったぁ、危惧していた反応よりだいぶマシだったぁ。

「そ、そうか？」

「うん、すごく似合ってる」

安堵《あんど》しながら言葉を返すと、また丸谷がそう言ってくれた。

こんな風に服を褒められるのって、結構嬉《うれ》しいもんなんだな。

まあ本当は俺の服じゃないけど……。

つーか、恥ずかしいから言えてなかったけど、丸谷がパーカーのことを褒めてくれたなら、俺も恥ずかしがらずにちゃんと言わないと！

「そ、その……丸谷も浴衣似合ってる」

「っ！　そ、そっか。……あ、ありがとう」

言葉に詰まりながら伝えると、丸谷は照れたように顔を下に向けてしまった。

うわぁ、やっぱり俺もめっちゃ恥ずかしくなってきた……！

それから少しの間、俺たちはちょっと俯《うつむ》いたまま歩いていた。

たぶん二人とも同じくらい顔が赤くなっていたと思う。

◇◇◇

橋を渡って河川敷に着くと、もう夏祭りは始まっていて左右に屋台がズラリと並んでおり、多くの人々が行き交っていた。これだけ多いと松本《まつもと》くんとかこの辺に住んでいる夏海《なつみ》高校の生徒と鉢合わせすることはなさそうだな。

それに浴衣着ている人も多いから、昴希《こうき》のパーカーもそんなに違和感がない。

……でも。

「さすがに人が多すぎるなぁ」

「う、うん……きゃっ！」

後ろから来た男性と丸谷がぶつかったけど、体格差で丸谷だけがよろけてしまう。

危ないと思った俺は、咄嗟《とっさ》に彼女が倒れないように両手で支えた。

「だ、大丈夫か？」

「う、うん。大丈夫だよ。……ありがとう小川《おがわ》くん」

「いや、これくらい大したことじゃないけど……！」

ふと丸谷《まるや》の肩に手を乗せていることに気が付いた。

すぐに丸谷から手を離す。

「ご、ごめん」

「ううん。その――」

丸谷が何かを言いかけた時。

また彼女の後ろから男性が歩いてきて、彼女にぶつかりそうになる。

それを見て、今度はぶつからないようにと俺は彼女の手を引いた。

おかげで二人が接触するのを避けることができた。

「お、小川くん……？」

「その……ごめん。またぶつかりそうだったから」

俺の言葉に、丸谷は振り返って通り過ぎていった男性を確認する。

「そ、そうだったんだ。び、びっくりした……」

「そうだよな。すまん……」

「ううん。謝らないで。その、さっきもいまも……助けてくれて嬉《うれ》しかったから」

丸谷が優しく笑って言ってくれた。

そんな彼女にまた鼓動が速くなってしまう。

おかしいな、普段なら丸谷と喋《しゃべ》っていてもこんな風になることないのに。

久しぶりに会ったせいか、やっぱり浴衣のせいなのか。

なんにせよ、もうちょっと冷静にならないと。

それから俺は握っていた丸谷の手を離そうとする——が止《や》めた。

やっぱり人が多すぎる。これじゃあまたいつ丸谷が誰とぶつかるかわからない。

せっかくの夏祭りなのに、丸谷に怪我《けが》なんてさせたくないし……。

「あ、あのさ……危ないからこのままでいいか？」

「えっ……」

訊《たず》ねたら、丸谷は驚いた表情を見せる。

……さすがにキモいとか思われたか？

めちゃくちゃ不安になっていたら、丸谷は小さく頷《うなず》いた。

「このままで……お願いします」

なぜか敬語で了承する丸谷。

「じゃあ、その……お願いされます」

それに俺もなぜか敬語で返してしまった。

冷静になろうとしているのに、まだかなりテンパってるな、俺。

「ど、どの屋台から行きたい？」

「えっ、あっ……ど、どれにしようかな」

そんなぎこちない会話を始めたあと。

俺たちは手を繋《つな》いだまま、一緒に屋台がある方へ向かった。

◇◇◇

二人で屋台を見ながら歩いていたら、俺の腹が鳴ってしまってとりあえずご飯を食べることになった。俺は丸谷《まるや》がやりたいことを先にしようって言ったんだけど、彼女が「腹が減っては戦はできぬだよ」と言い、結局、ご飯を食べることになってしまった。

文化祭中に俺が風邪をひいた時もそうだけど、丸谷ってたまにグイグイくるところあるよな。

「たこ焼き、うま～」

河川敷の休憩スペースで椅子に座りながら、俺はたこ焼きを食べていた。

隣では丸谷がかき氷を食べて、たまに頭を押さえている。

なんか可愛《かわい》いな……って何考えてんだよ、俺。

夏祭りの空気にあてられてんのかな。

「ごめんな。丸谷にもやりたいことあるはずなのに俺の空腹を優先させちゃって」

「ううん。私もお腹空《なかす》いていたし、りんご飴《あめ》食べたいなって思ってたから」

丸谷は気を遣って言ってくれる。……相変わらず優しいな。

その後、少しのんびりした時間が流れる。人が多くて騒がしいはずなのに、丸谷と一緒にいると、すごく落ち着くんだよなぁ。

「ねえ小川《おがわ》くん。その……どうして最初は断ったのに、二回目に誘った時はいいよって言ってくれたの？」

呑気《のんき》なことを思っていたら、不意に丸谷に訊《き》かれた。

二回目の誘いを受けたのは昴希《こうき》で、本当は夏祭りには昴希が来るはずだったけど、体調不良になったあいつの代わりに俺が来ました、なんて言えるわけないよな……。

「そうだなぁ、丸谷と一緒だったら夏祭りが一層楽しくなるって思ったからかな」

これは嘘《うそ》じゃない。昴希に代わりに夏祭りに行ってくれって言われた時、文化祭の時のお礼がしたいって気持ちと彼女と一緒なら夏祭りが楽しくなるって本当に思ったんだ。

「そ、そっか……！　……嬉《うれ》しいな」

最後にぼそっと呟《つぶや》くように言った丸谷。……普通に聞こえちゃってるよ。

くそ、なんか顔が熱くなってきた。

必死に冷静になろうとしていると、ふと丸谷《まるや》がじっとたこ焼きを見ていることに気づく。

……欲しいのかな？

「食べるか？」

「えっ……いいの？」

丸谷は驚いたように訊《き》いてくる。

「いいよ。使ってないつまようじあるし」

俺は自分が使ってないつまようじを渡す。

丸谷はそれを使って、たこ焼きを一つだけ刺して口の中へ。

「はふっ⁉」

すると、丸谷は熱そうに口をはふはふさせた。

やっべ。俺はそんなに熱くないかなって思って食べてたけど、丸谷にとっては結構熱かったみたい。もっと注意しておくべきだった。

それから丸谷は少しの間はふはふしてたけど、耐えられなくなったのか傍《そば》にあったお茶を飲み干した。

「あ、熱かったけど、美味《おい》しいね」

「そ、そっか……良かった」

でも丸谷、いま飲んだお茶って俺のやつなんだけど。

——と思ったものの、さすがに言えなかった。たぶん丸谷は気づいてないし。

「小川《おがわ》くん、顔赤いよ？　ひょっとして体調悪いの？」

「えっ、いやいや、そんなことないよ。普通に外が熱いからじゃないか？」

俺は動揺しながらも言葉を返すと、話を変えたくて次の話題を探す。

「そ、そうだ。次はどこに行きたい？　丸谷が行きたいところに行こう」

「私が行きたいところ？」

「あぁ、せっかく二人で夏祭りに来たんだから、今度は丸谷が行きたいところ行こうよ」

丸谷はいいの？　みたいな表情をするが、俺は迷わず頷《うなず》いた。

「じゃ、じゃあ鉄砲のやつやりたいかな？」

「射的か？　いいぞやろう」

型抜きとかそういう系かと思ったけど、意外と運動系なんだな。

でも丸谷が行きたいなら、そこに行こう。

「あ、あと……かき氷、ちょっとあげるね」

「えっ……お、おう。ありがとな」

きっとたこ焼きのお礼だから断るのも悪いだろう。

そう思って丸谷から予備のスプーンをもらって、かき氷をもらった。

——冷たっ!?

「あっ、小川《おがわ》くんも頭押さえたね」

頭がキンキンしている俺を見て、丸谷《まるや》はいたずらっぽく笑う。

そんな彼女を見て、頭は痛いけど俺もちょっと笑ってしまった。

……丸谷と一緒に夏祭りに来て良かったな。

まだ来たばかりだけど、自然とそう思えたんだ。

◇◇◇

俺たちは各々たこ焼きとかき氷を食べ終えたあと、二人で射的の屋台に来た。

屋台の奥には棚があって、沢山の景品が並べられている。

「よくぞ来たな」

美声と共に男性が出迎えてくれた。……待て待て。なんかこの声聞いたことあるような。

そう思って男性のことをよく見てみると――ハボックお兄さんだ！

めちゃくちゃ驚きながら、俺は男性を何度も見る。

長い髪をまとめてはいるけど……間違いない、あの「ハボック」を連呼するお兄さんだ。

「我の顔に何かついているか？」

「えっ……いや、な、なんでもないです……」

顔を見過ぎたのかハボックお兄さんに気づかれてしまった。

つーか、ハボックお兄さんって喋《しゃべ》れるんだ。てっきり「ハボック」しか言えないのかと思ってた。……でも自分のことを我って言うし、喋り方も変だな。

「なんか面白い人だね」

不意に耳元で囁《ささや》かれて、びっくりして視線を向けると丸谷だった。

彼女は俺の反応を見て、不思議そうに首を傾《かし》げる。

……いや、いきなり耳元で囁かれたらこうなるからね。

その後、俺たちはとりあえず射的一回分のお金を払っておもちゃの銃と弾を受け取った。

先に撃つのは丸谷だ。

「我の銃――ハボックで外すと天罰が下るから注意をしろ」

ハボックお兄さんがそんなことを言う。そういう設定なのかな？

「天罰って何が起こるんですか？」

「料金が倍になる」

「リアルな天罰!?」

設定とかじゃないのかよ……。

「言っておくが、冗談だ」

「……ですよね」

さすがにな……でも一瞬本気で言ってるんじゃないかって思った。

そんなやり取りをしている間、丸谷《まるや》はずっと狙いを定めている。

——パン！

彼女が発射した弾は見事に命中。小さなウサギのぬいぐるみを落とした。

「おぉ！　すごいな！」

「う、うん。上手《うま》くいって良かった」

丸谷は嬉《うれ》しそうにぬいぐるみを抱きしめる。その仕草にまた心臓が高鳴ってしまった。

……今日はやたら丸谷にドキドキさせられるなぁ。

それから丸谷は残りの弾を撃って、外した時もあったけどさらに二個のぬいぐるみを落とした。カメとクマのぬいぐるみだ。

「次は小川《おがわ》くんだよ。頑張って」

「お、おう。やってみる」

丸谷に励まされて、俺は銃を手に持って弾を入れる。

そして、どれに狙いを定めようか探していると、ペンギンのぬいぐるみが目に入る。

丸谷が撃ち落とそうとしてダメだったぬいぐるみ。……これ取ったら丸谷は喜ぶかな。

「小川くん？　やらないの？」

そんなことを考えていたら、丸谷が不思議そうに訊《き》いてくる。

「や、やるよ。どれかに当たればいいな」

恥ずかしいからどれを狙っているかわからないような言葉を口にしつつ、俺は銃を構える。それから片目を閉じて狙いを定めて、撃った。

――が、弾はぬいぐるみがある位置とは全然違う方向へ。

とんでもないところ弾が飛んでいったから、きっと俺がペンギンのぬいぐるみを狙ったことさえ丸谷に気づかれていないと思う。

「そ、その……惜しいね」

「そんなに気を遣わなくていいよ。さすがに全然惜しくないって」

丸谷が頑張って言葉をかけてくれたけど、俺は苦笑いを浮かべてそう返した。

「で、でも次は当たるよ」

「ありがとう……やるだけやってみるよ」

丸谷がもう一回励ましてくれて、俺は再度ペンギンのぬいぐるみを狙う。

しかし、何発撃っても明後日《あさって》の方角へ弾が飛んでいって、結局弾がなくなった。

「……も、もう一回やる？」

「いいや、もういいかな」

丸谷がまた気を遣ってくれたけど、俺は銃を置いた。

……わかってはいたけど、俺は射的すらまともにできないんだな。

「桐谷《きりたに》くん！　ガンバだよ！」

落ち込んでいると、不意に快活な声が聞こえてきた。

いつの間にか俺たち以外にも客が来ていたみたいで、その客は二人組の男女で、たぶん俺たちと同じ高校生。……夏海《なつみ》高校の生徒か？

しかも驚くことに、女子はこんなクソ暑いのにパーカーを着ていた。

まさか夏祭りで俺以外のパーカーを着ている人を見れるとは。

「我の銃――ハボックで外すと天罰が下るから注意をしろ」

ハボックお兄さんが俺たちに言ってきたことと全く同じことを言っていて、なんならその後に男女たちは俺たちと全く同じやり取りをハボックお兄さんとしていた。

「ほら！　狙いを定めて～！　よ～く定めて～！」

「七瀬《ななせ》、喋《しやべ》りすぎじゃない⁉　全然集中できないんだけど⁉」

男子――彼氏くん（どうせカップルだろう）が持っている銃をプルプル震わせながら指摘すると、パーカー女子は面白がるように笑う。……随分楽しそうだな。

それから彼氏くんは棚に並べられている景品に向かって撃つが当たらず、気を遣ったのかパーカー女子が一旦黙ったもののその後も何発撃っても当たらなかった。

「全然ダメだぁ」

「ドンマイだよ！　桐谷くん！」

がっくりと項垂《うなだ》れている彼氏くんに、パーカー女子はぽんぽんと肩を叩《たた》いた。

まるでさっきの俺と丸谷《まるや》みたいだ。

「次は私だね！　行くよ～！　バンバンバン！」

適当な掛け声で、適当に撃ったパーカー女子。

しかし全ての弾が棚の景品に命中していた。……すげぇ。

「ふふん。私のハボックからは誰も逃げられないよ」

「すごいね七瀬！　……でも、店主さんの銃を自分のものみたいに言うのはどうかと思うけど」

パーカー女子は得意げな顔で銃口に息を吹きかけて、対して彼氏くんはちょっと呆《あき》れた笑みを浮かべている。

それから彼女たちは、パーカー女子が撃ち落とした景品たちを二人で分けて持ちながら、どっかへ行ってしまった。

「さっきの女の子、なんか楽しい人だったね」

また丸谷に耳元で囁《ささや》かれる……が、さっきよりは驚かないで済んだ。

内心では、めちゃくちゃびっくりしてるけどな。

「そうだな。変な女子だったな」

……だけど彼女はおそらく昴希《こうき》と同じように〝特別〟な人なんだろう。

感覚的にしかわからないけど、たぶんそうだと思う。

彼女が纏《まと》っている空気が〝特別〟な人のソレだ。

一方、ひょっとしたら彼氏くんは俺と同じように〝特別〟じゃない人かもしれない。

なんとなく俺と同じ空気感を持っている気がする。

もしそうだとしたら彼は――。

しかし途中で思考することを止《や》めた。

どうせこの夏祭りが終わったら、また俺は『小川昴希《おがわこうき》』に戻るんだ。

こんなこと考えたってしょうがない。

「丸谷《まるや》、次はどこに行こうか？」

「えっ、また私が決めていいの？」

「いいよ。正直、俺が行きたいところとかないし」

「で、でも……」

丸谷は迷った表情を浮かべる。逆に困らせちゃったかな……。

心配になっていたら、唐突に丸谷が何かを閃《ひらめ》いた顔をした。

「小川くん。一緒に歩きながら、二人で決めようよ」

それに俺はちょっと驚いた。二人で……か。

「そうだな。二人で決めるか」

とりあえず俺たちは射的の屋台から離れて、次に行く屋台を決めるために二人で一緒に歩いた。もちろん最初から変わらず手を繋《つな》いで。

……でもその間も、俺は少しだけさっきの彼のことが気になっていた。

◇◇◇

二人で一緒に歩きながら屋台を探していると、お面屋があって昴希が被《かぶ》っていたキツネのお面があった。

……そういえばタマって今日は何してんだろうな。

せっかくの夏祭りで、タマの大好きな花火《はなび》が打ち上がるっていうのに。

……まあそんなこと考えても、しょうがないんだけど。

一応、お面屋に行きたいか丸谷に訊《き》こうかなと思ったけど、彼女は別の方向を見ていた。

視線を追うと——そこには金魚すくいの屋台があった。

子供の頃に秀也《しゅうや》と夏祭りに行ったときにやって以来、金魚すくいなんてやってないなぁ。

そんな風に思っていたら、丸谷もじーっと金魚すくいを見ていた。

「やりたいのか？」

「えっ……そうだけど、小川くんがやりたいかわからないし」

「良かった。ちょうど俺も金魚すくいやりたいって思ってんだ」

「……本当？　私に気を遣ってない？」

心配そうに丸谷《まるや》が訊《たず》ねてくる。

「気を遣ってないよ。俺も本当にやりたいって思ってた。だから一緒に行こう」

「そ、そっか……うん、一緒に行く」

二人で金魚すくいの屋台まで移動すると、代金を払って店主のおっちゃんからポイを三個ずつもらった。

続いて、二人して金魚をすくおうとする——けど。

「……全然取れない」

ポイを三個全て使ったが、すぐに破けてしまって一切取れる気配がない。

隣にいる丸谷も惜しかった場面はあったけど、結局は一匹も取れなかった。

「……難しいね」

「……そうだな」

二人して一匹も取れないと思わなくて、ちょっと雰囲気が暗くなってしまう。

まあ俺は無理かなって思ってたけど、丸谷が失敗するなんてな。いつもなんでもそつなくこなしているから、金魚もパパっと取ってしまうのかと思ってた。

「桐谷《きりたに》くん！　金魚すくいあるよ！」

どんよりとした空気の中、不意にさっき聞いたばかりの元気な声が聞こえてきた。

もしや……と思って視線を向けたら、さっきの男女が金魚すくいの屋台に来ていた。

「桐谷くん！　一緒にやろうよ！　早く早く！」

「わかったって。恥ずかしいからあんまり大きな声出さないでよ」

二人もお金を払って俺たちと同じようにおっちゃんからポイをもらうと、金魚すくいにチャレンジする。

「お手本を見てなよ、桐谷くん！　そこだ！　ハイハイハイ！」

パーカー女子は自信満々に言ったあと、のんびり泳いでいる金魚たちに向かってポイを振るう——が、思い切り破けた。

「まだまだ～！」

でも、パーカー女子はポイを代えたあとも勢い変わらず振り続ける。

だが、ポイが一気に破けただけで、金魚は一匹も取れなかった。

「桐谷くん！　全部破けちゃった！」

「早くない!?」

あまりのポイが破けるスピードに驚く彼氏くん。

その後、彼氏くんも金魚を取ろうとするが、彼も一匹も取れなかった。

「金魚すくいは難しいな～」

「七瀬《ななせ》は真面目《まじめ》にすくう気なかったでしょ」

三本の破けたポイを握って嘆くパーカー女子に、彼氏くんはちょっと呆《あき》れていた。

「どうする？　次やる？」

「うーん、そうだなぁ」

そこでパーカー女子は、なぜかこっちを見た。

直後、なぜかこっちに近づいてくる——って、なになに⁉

突然の行動にビビりまくっていると、彼女は俺の隣にいる丸谷《まるや》の手を握った。

「ねえ！　女の子同士、一緒に買い物しようよ！」

「えっ……えぇ⁉」

丸谷がびっくりしすぎて大きな声を出してしまう。

ちょっと初めて聞く感じの声だったかもしれない。

……でもそんな声が出てしまうのも、しょうがないだろう。

このパーカー女子、いきなり何を言い出すんだよ。

「ちょっと七瀬⁉　全然知らない人になに言ってるの⁉」

ほら、彼氏くんもめっちゃ驚いている。

「だってこの子可愛《かわい》いし一緒に買い物したくなっちゃったんだよ！　買い物するよね？」

「そ、その……私は——」

「はい決まり！　一緒に行くよ～！」

パーカー女子は強引に丸谷の手を引っ張ると、連れて行ってしまった。

「あっ、男子たちはちゃんと金魚すくっといてね～頼んだよ～」

そんな言葉を残して……って、何やってくれてんだあいつ⁉

「その……ごめんね。七瀬が君の彼女を連れて行っちゃって」

「本当だよ。めちゃくちゃだな……って、はぁ⁉」

こいつ、いま丸谷が俺の彼女とか言ったか？

「言っておくけど、丸谷は彼女じゃないし！　お前とは違うから！」

「そうなの？　……って、七瀬も僕の彼女じゃないからね⁉」

「そ、そうなのか？」

俺が訊《き》くと、彼氏くんは全力で頷《うなず》く。……そうなのか。

「さ、さてと。気を取り直して僕はもう一回金魚すくいやろうかな」

「あいつの言うこと聞くのかよ？」

「言うこと聞くっていうよりは、僕が金魚を取って七瀬にあげたいんだ」

「なるほど。彼女に金魚をプレゼントしたいってわけね」

「だから彼女じゃないってば」

そう言った途端、彼氏くんの顔が真っ赤になる。

本当に彼女じゃないのか……？　まあいいや。

それから彼氏くん（本当は彼氏じゃないらしいけど）は金魚すくいを再開する……が、
やっぱり一匹も取ることができない。

それなのに彼氏くんは、またポイを買って金魚をすくおうとする。

「あんたってさ――」

「あんたじゃなくて、桐谷翔《きりたにかける》。桐谷でも翔でもいいよ」

「……桐谷くんってさ、もしかしてどんなこともあんまり上手《うま》くいかない感じの人？」

射的の屋台から気になっていたことを訊《き》いてみた。

かなり失礼なことを訊いているって自覚はあるけど、どうしても訊きたかったんだ。

すると、桐谷くんはあっさり答えてくれた。

「そうだね。僕は特に何もできないかな」

「……やっぱり俺と同じか」

そう言うと、桐谷くんはびっくりしたようにこっちを見る。

「えっと、その……」

「小川優輝《おがわゆうき》。小川でも優輝でもどっちでもいい」

「その……小川くんも同じってどういうこと？」

「そのままの意味だよ。俺も何もできることがないんだ。……どうやっても〝特別〟な人にはなれない人の中の一人さ」

俺は嘆くように言うと、話を続けた。

「桐谷くんは何もできないって自覚してるのに〝特別〟じゃないってわかってるのに、どうしてそんなに頑張ってるんだ？」

彼の握っているポイを見ながら訊《たず》ねる。どうせそのポイだって破けるだろうに……なんて思っていたら、なぜか桐谷くんは笑った。

「確かに僕は君の言葉でいう〝特別〟な人じゃないのかもしれない。……でも〝特別〟じゃなくたって何もできないとは限らないよ」

「何もできないとは限らないって……いま自分で何もできないって言ったじゃん」

「そうだよ。僕は運動も勉強も特に何かできるってわけじゃないけど……金魚すくいくらいならできるかもしれない。他にも射的くらいなら、ヨーヨーすくいくらいなら、できるかもしれない——なんてね」

桐谷くんは笑ったまま、楽しそうに話した。なんだよそれ、意味わかんねぇ……。

「まあ見ててよ」

そう言って、桐谷くんは金魚すくいを続けた。

でもまた一個目、二個目、三個目とまたポイを破く。

それでもまたポイを受け取っては、金魚すくいをやり続けた。

だけどやっぱり取ることができなくて……ほら、何もできないやつは金魚すくいすらできないんだ。……そういうもんなんだよ。

——と思っていた時だった。

「よし！　取れた！」

もう何個目のポイかわからないけど、桐谷《きりたに》くんは金魚をすくったんだ。

金魚が彼の入れ物に入ったあと、すぐにポイは破けた。ギリギリで取れたんだ。

「すげぇ……」

俺は思わず言葉を漏らしてしまう。他の人にとっては大したことないのかもしれないけど……何もない俺にはわかるんだ。

こんな小さなことでも何かをできるってことが、どれだけすごいのか。

「ほらね！　何もできなくてもできることってあるでしょ？」

「なんだよそれ、矛盾してんじゃん」

俺がそんな言葉を口にしたら、桐谷くんは楽しそうに笑った。

そんな彼はちょっとあのパーカー女子に似ているように見えた。

「君もやってみなよ。たとえ何もできないと思っていても金魚すくいなら何回もやってたらできるかもしれないよ。僕みたいにね」

「えっ、俺は……」

「あの子にさ、金魚を取ってあげなよ」

それに俺は「無理だよ」と言おうとしたけど、彼が取った金魚を見て言葉を止めた。

本当に桐谷くんが見せてくれたように、俺にもできるだろうか。

〝特別〟じゃない俺でも、金魚すくいくらいならできるだろうか。

この金魚を取ってあげたら、丸谷《まるや》は喜んでくれるだろうか。

「あの子のこと、好きなんでしょ？」

色んなことを考えていたら、桐谷くんがちょっぴりからかうように、でもエールを送るように言ってくれた。

そんな彼の姿は少し昴希《こうき》に似ていて、ちょっとムカついたけど……すごく励まされた。

「……わかった。やってみる」

それから俺は金魚すくいを再び始めた。

ポイを振るっては破いて、またポイを振るっては破いて。

何度も、何度も、何度も――。

「やっぱり全然取れねぇ」

それでも結局、俺は金魚を取ることができなかった。

「でも後半から惜しいやつ多かったじゃん。もう少しでイケるよ」

「残念だけど、それは無理だな。……もうお金がないんだ」

励ましてくれた桐谷《きりたに》くんに、俺は空の財布を見せる。

それに桐谷くんは「そっかぁ」と残念そうな表情を浮かべた。

所詮、何もできない俺は本当に何もできないって話か。

――その時だった。

不意に水槽で優雅に泳いでいた金魚が飛び上がる。

続いて、なんとその金魚はそのまま俺が持っていた容器へ入っていったんだ。

「やったね！」

俺の容器の中の金魚を見て、喜んでくれる桐谷くん。

そんな反応をしてくれるのは嬉《うれ》しいけど……でも。

「こんなの、ただのラッキーだろ」

「運も実力のうちだよ、小川《おがわ》くん」

それはそうだけどさ……やっぱりこれはちょっと違うだろ。そう思いつつも、せっかく取れた金魚を水槽に戻すのもなぁ……。

結局、俺たちは二人して取った金魚を袋に入れ替えてもらった。

するとまた元気、というよりややこしい女子の声が聞こえてくる。

「わたあめ侍のお通りじゃ～！」

あのパーカー女子だ。しかもクソデカいわたあめを両手に三本も持っている。

その後ろから、袋に入った同じクソデカいわたあめを持った丸谷《まるや》が歩いてきた。

彼女はちょっと疲れたような顔をしていた。絶対にあのパーカー女子のせいだろ……。

「みんなにわたあめ買ってきたよ〜！」

「本当だ。ありがとう七瀬《ななせ》」

パーカー女子は桐谷《きりたに》くんにわたあめを渡すと、次に俺のところに来た。

「はい、どうぞ」

太陽みたいな眩《まぶ》しい笑顔とキラキラした雰囲気。

明らかに他の人にはないものを持っている。

射的の屋台の時から気づいていたけど、彼女はやっぱり――。

「あんたは〝特別〟なやつなんだな」

思わず出てしまった言葉に、パーカー女子はきょとんとする――が、すぐに彼女は得意げな顔になって、

「その通り！　私は〝特別〟な女の子なんだよ！」

「自分で言うのかよ……つーか、ちゃんと俺の言葉の意味わかって――」

「でも！　君も私と変わらないけどね！」

ニコッと笑って、パーカー女子は俺にわたあめを渡してきた。

俺とパーカー女子が変わらない？　何言ってんだよ、こいつ。

「さてと、私たちはそろそろ別のところに行こうかな！　行くよ、桐谷くん！」

「えっ、もう行くの。僕はもう少し小川《おがわ》くんと話したいんだけど――」

「もう桐谷くんは鈍感だなぁ。早く行くよ！」

パーカー女子は、今度は桐谷くんを連れてどこかへ行ってしまった。

本当に無茶苦茶《むちゃくちゃ》なやつだなぁ。

「あ、あの……小川くん」

「おぉ丸谷、変なやつに連れまわされて大丈夫だったか？」

「それは大丈夫というか……むしろ一緒にお買い物してくれて、良い人だったよ」

「良い人だったのか……？」

丸谷の言葉に少し耳を疑った。……まあ丸谷は優しいからそう言ってるだけかも。

「そ、それよりもね、その……これ」

丸谷はわたあめの袋の他に、元々持っていた自前の小さな袋から何かを取り出した。

次いでそれを俺に渡してくれる。

受け取った物を見てみると――ヘアピンだった。

緑色でフォルム的に少し男性用っぽい。

「その……アクセサリー屋さんがあって、小川くんに似合うと思って……」

「そ、そっか……」

いきなりヘアピンを贈られて驚く。

だって、今まで家族以外からプレゼントなんてもらったことなかったから、ぶっちゃけ家族からのプレゼントだって形式上って感じだったし。

だから――。

「ありがとう、丸谷《まるや》！　めっちゃ嬉《うれ》しいよ！」

「ほ、本当？　良かった……」

俺の言葉に、丸谷は安堵《あんど》したような笑顔を見せる。

そりゃ嬉しいに決まってんだろ。丸谷からのプレゼントだったらなおさらだ。

俺は右手に持っている袋の中の金魚を見る。

運で取った金魚だけど……でもこれは彼女のために取った金魚だから。

「丸谷、これさお前のために取ったんだけど」

そう言って金魚の袋を差し出すと、

「金魚、取れたんだね！　すごいよ小川《おがわ》くん！」

まるで自分のことのように喜んでくれた。

そろそろ彼女の優しさで、俺の心の中が溢《あふ》れかえりそうだな。

「でも……いいの？」

「あぁ、受け取ってくれ。丸谷のために取ったんだから」

「……ありがとう」

丸谷《まるや》は金魚が入った袋を受け取ると、可愛《かわい》がるように金魚を眺めた。

「すごく嬉《うれ》しいな」

「そ、そっか、良かった。……俺もヘアピン嬉しかったよ」

「っ！　……どういたしまして」

この時、また丸谷の顔が赤く染まっていて俺の顔も同じくらい赤くなっていたと思う。

……でも丸谷にはちゃんと自分の力で取って、渡したかったな。

金魚を渡せたことは良かったけど、やっぱりそんな後悔が残っていた。

◇◇◇

金魚の屋台を後にしたのち、俺たちは次はどうしようかと考えながら河川敷を歩いていた。ちなみにパーカー女子に渡されたクソデカいわたあめは二人ともなんとか食べ終えた。

……俺たちが来た時よりも人が多くなってきた気がする。

きっとそろそろ花火《はなび》の時間だからだろう。

証拠に、少しずつ花火が見やすい場所に移動する人も出てきていた。

去年、タマと見た花火は綺麗《きれい》だったなぁ……って、もうタマのことは考えてもしょうがないんだってば。

そんなことを思っていたら、丸谷が俺のことをじっと見ていることに気づく。

でも、彼女の視線はどこか上の方を向いていて――あっ。

「ヘアピン、似合うか？」

「えっ、あっ……うん、すごく似合ってるよ。すごく似合ってる」

俺がさっき身に着けたヘアピンに手を当てて訊《き》くと、彼女はちょっとテンパりながら答えてくれた。……ヘアピンを見ていたことに気づかれて恥ずかしかったのかな。

「あれ、優輝《ゆうき》じゃねぇか」

不意に名前を呼ばれて振り返ると、そこにはなんと爺《じい》ちゃんがいた。

このタイミングで爺ちゃんと鉢合わせかよ……なんか気まずいな。

「お前、体調悪かったんじゃないのか？　それに夏祭りには行かないって言ってたろ？」

「えっ……」

爺ちゃんに訊かれて、俺は言葉に詰まる。

そっか、爺ちゃんにとっては俺は体調が悪いことになってんだ。

本当に体調が悪いのは昴希《こうき》だけど……。

それに俺が夏祭りに行かないって爺ちゃんに伝えてから、昴希は爺ちゃんに夏祭りに行くって言ってないんだろう。そもそも彼は爺ちゃんに一度も会ってないのかもしれない。

だってよく考えたら話している時、爺《じい》ちゃんの話題なんて一回も出なかったし。

「その……実はだいぶ良くなったんだよね。そしたらなんとなく夏祭りに行きたくなっちゃってさぁ――」

俺は適当に誤魔化《ごまか》しながら説明する。

「そうなのか。あとお前、なんでこんな暑いのにパーカーなんて着てんだ？」

「これは……色々とあって」

「色々って……ん？」

そこで爺ちゃんは丸谷《まるや》がいることに気づく。

「もしやそっちの女の子は……かの――」

「彼女じゃないから⁉　友達だよ友達⁉」

「なんだよ、そんなにムキにならなくてもいいじゃねぇか」

爺ちゃんは不満げな顔を浮かべる。爺ちゃんが余計なこと言おうとするからだろ。

「初めまして。ワシは優輝《ゆうき》の祖父で菊次郎《きくじろう》だ」

「は、初めまして。その……小川《おがわ》くんのクラスメイトの丸谷花火《はなび》です」

「おぉ！　そりゃ良い名前だな！」

爺ちゃんの興奮した様子に少し戸惑う丸谷。そんな彼女に爺ちゃんが花火職人であることを伝えると、丸谷は納得するように頷《うなず》いた。

それから爺ちゃんはこんな話を始めた。

「実はな、これから夏祭りの花火を打ち上げるんだけどよ、見に来ないか?」

「花火を?　でも俺は……」

花火を見ると、またタマのことを思い出しそうだし。

それに丸谷が――。

「行ってみたい……かな」

隣の丸谷が控えめに言った。でも彼女が転校してきた頃からずっと一緒に過ごしてきた俺にはわかる。きっと彼女はすごく行きたいんだと思う。

「爺ちゃん、一緒に行くよ。その代わり丸谷も連れて行っていいか?」

「もちろんだ。優輝の友達なら大歓迎に決まってるだろ」

爺ちゃんの了承を得たあと、丸谷を見ると、いいの?　みたいな顔をしていた。

それに俺は大きく頷いた。

「よし、じゃあ二人とも行くぞ。花火の時間までそんなに余裕ないからな」

爺ちゃんがそう言って歩き出すと、俺たちは爺ちゃんについていく。

幸いにも、空は一切曇っていなくて綺麗《きれい》な夜空だ。

タマと一緒に見た去年もこんな感じだった。

ひょっとしたらタマは、今年は俺じゃない誰かと一緒に眺めるつもりなのかな。

爺《じい》ちゃんについていっている間、情けないことに俺はまたそんなことを思っていた。

◇◇◇

爺ちゃんについていくと、俺たちは車に乗せられて移動する。

数分後。すぐに打ち上げ場所の市民公園に着いた。

この公園には広場のような大きなエリアがあって、そこで打ち上げるらしい。

「よし、準備ができたな」

爺ちゃんは煙火筒《はなびづつ》や花火《はなび》玉など用意した花火を打ち上げる道具を眺めている。ちなみにもう暗いから俺、丸谷《まるや》、爺ちゃん以外に人はいなくて、爺ちゃんの同僚もいない。

爺ちゃんはいつもこの夏祭り——狐火《きつねび》祭りの打ち上げ花火は一人で打ち上げているみたい。孫が花火を見ているかもしれないこの祭りは、どうしても一人でやり切りたいんだと。

「楽しみだね、小川《おがわ》くん」

丸谷はわくわくした様子で話しかけてくる。

「丸谷、花火が好きなのか？」

「うん、大好きだよ」

「そっか。花火って良いよな」

俺の言葉に、丸谷はうんうんと頷《うなず》く。

丸谷が、花火が好きなんて知らなかったけど……彼女の名前のことを考えたらまあおかしくもないか。

自分の名前に関連するものって好きになりがちな気がするし。

俺にはそんなものないけどな……。

「見てろよ、優輝《ゆうき》。丸谷さん」

爺ちゃんはちょっと離れたところで、手を振っている。

花火を打ち上げる時間が来たみたいだ。

「恥ずかしいから、あんまはしゃがないでくれよ」

「小川くんのお爺ちゃん、元気だね」

俺は少し呆《あき》れて、丸谷はくすっと笑っている。

それから爺ちゃんは煙火筒に落とし火を入れると、用意していた花火玉が打ち上がった。

ヒューという笛のような音を出しながら、花火玉は空に向かっていって――。

バンッ！という爆発音と共に美しい牡丹《ぼたん》の花が咲いた。

「うわぁ、綺麗《きれい》だね」

「……あぁ、すげぇ綺麗だな」

隣で嬉《うれ》しそうに眺める丸谷に対して、俺は綺麗とは思いつつもやっぱり去年のことを思い出してしまっていた。

……タマもこの空を眺めているのだろうか。

そんなことを思っている間も、花火《はなび》はどんどんと打ちあがっていく。

冠《かむろ》のような形をした『冠』と呼ばれるもの。『型物』と呼ばれる蝶々《ちょうちょう》やハートマークのもの。小さな花火が幾つもあるように見える『蜂』と呼ばれるもの。

いつも爺《じい》ちゃんと話している時に、全部彼が勝手に何度も教えてきたから覚えてしまっている。

「小川《おがわ》くんのお爺ちゃんってすごいんだね」

「そうだな。爺ちゃんはすごいよ」

爺ちゃんはいつも自分のことは大したことないって言うけど、本当にすごいんだ。

こんなにも美しい花火を何発も打ち上げることができて、誰かの心を動かすことができて……大したことないやつがこんなことできるわけないだろ。

だから爺ちゃんも〝特別〟なんだよ……俺と違ってな。

そんな風に一人で勝手に落ち込んでいる時だった。

突然、爺ちゃんが倒れた。

「爺ちゃん⁉」

急いで駆け寄ると、爺ちゃんは胸のあたりを押さえている。

ど、どうして急に……何かの病気か？

「小川くんのお爺ちゃん⁉　大丈夫ですか⁉」

丸谷《まるや》が声を掛けてくれるが、返事がこない。

ま、まずい！　と、とにかく救急車を！

俺は慌ててスマホを手に持って、救急車を呼び出そうとする。

「ま、待ってくれ……」

しかし、爺ちゃんのそんな声が聞こえた。

「じ、爺ちゃん⁉　大丈夫か⁉」

「……あぁ、大したことねぇ」

そう言う爺ちゃんだけど、だいぶ苦しそうな表情をしているし、呼吸も荒い。

ダメだ。やっぱり救急車を呼ばないと。

「だ、だから待ってくれって……さ、最後に、あと一発……残っているんだよ」

救急車を呼ぼうとする俺に、爺ちゃんが必死に言葉にする。

あと一発って、花火のことか？

「あと一発なら逆にいいじゃないかよ。客も充分楽しんだって」

「バ、バカ野郎……さ、最後が一番とっておきのやつなんだよ……だから……」

「小川《おがわ》くんのお爺《じい》ちゃん!? む、無理しちゃダメです!?」

何がなんでも最後の花火《はなび》を打ち上げようとする爺ちゃんを、丸谷《まるや》が心配する。

でも爺ちゃんはもうあまり体に力が入らないのか、ほとんど体を動かすことができない。

「ち、ちくしょう……」

「もういいだろ、爺ちゃん。救急車呼ぶぞ」

そう言った直後、爺ちゃんが僅かな力を振り絞って俺の足を掴《つか》んできた。

今度はなんだ……!? と思って振り向くと――。

「ゆ、優輝《ゆうき》……お、お前が……最後の花火を打ち上げろ」

爺ちゃんがそんなことを言い出した。

「な、なに言ってんだよ!? そんなの無理に決まってんだろ!」

「できるだろうが……お前、ワシの家に来た時いつも勝手にワシの花火玉いじってたろ」

「っ！ そ、それは……」

確かに俺は爺ちゃんの家に行くたびに、彼が作業途中の花火玉を勝手に完成させようとしていた。

ひょっとしたら爺ちゃんみたいな〝特別〟になれるんじゃないかと思って。

「……ワシが暇つぶしに、な、何回も優輝に花火のことを話したからな……それで覚えたんだろ？　だったら……花火の打ち上げ方だってわかるはずだ」

「わ、わかるけど……でも……」

結局、花火玉を一度も完成させられたことはないし……そんな俺が花火を打ち上げるなんて……到底無理だ。

何もない俺が花火を打ち上げるなんて無理なんだよ。

「そ、そういえば十八歳未満は火薬を取り扱っちゃダメじゃん。だから俺が花火を打ち上げるのだってダメなはずだ」

「……そんなの黙っておけばバレねぇよ」

「だ、だけど――！」

言い訳して逃げようとする俺に、苦しいはずの爺ちゃんが笑った。

でも、それはとても弱々しい笑みだった。

「安心しろ、優輝ならできる」

「俺ならって、一体なんの根拠があって……」

「そんなの……ワシの孫だからに決まってんだろうが」

苦しいはずなのに爺ちゃんは頑張って笑ったまま伝えてくれた。

そう言ってくれるのは嬉《うれ》しい。

だけど爺《じい》ちゃんの孫でも、俺は爺ちゃんじゃないんだ……。

「それにこれはワシの仕事をずっと見てきた、何度も何度も見てきた――優輝《ゆうき》にしか頼めないことなんだ」

「……えっ、俺にしか？」

訊《き》き返すと、爺ちゃんは小さく頷《うなず》いた。

「……だから頼むよ」

爺ちゃんは真っすぐにこちらを見つめて頼んできた。

それだけ彼は花火《はなび》に全てを懸けているんだろう。

……それでも俺は――。


「大丈夫だよ！」

不意に、丸谷《まるや》が大きな声でそう言ってくれる。

いつも落ち込んだり悩んだりしている俺のことを励ましてくれる時のように。

続いて、彼女は俺の手を強く握ってくれた。

「小川《おがわ》くんならできる！　絶対に大丈夫だよ！」

「大丈夫って……そんなこと――」

「そんなことあるよ！　だって小川くんは金魚を取って私にくれたもん！」

「金魚って……」

金魚すくいと花火を打ち上げることじゃ、難しさが比べ物にならないだろ。

それに金魚すくいだって自力で取ってないし……。

「あ、あとね、小川くんは自分が思ってるより何もできない人じゃないんだよ」

「なに言ってんだよ。こんな時にお世辞はやめてくれ」

俺の言葉に、丸谷は首を左右に振る。

そして、彼女はこんなことを言ってくれたんだ。

「だって小川くんと一緒だった夏祭り、すごく楽しかったから！」

「っ！　い、いきなりなに言うんだよ……！」

動揺しながらそう口にすると、丸谷はニコッと笑った。

それは今までに見たことない笑顔で、どこか太陽みたいに眩《まぶ》しくて――。

「こんなにも人の心を動かせるなら、花火を打ち上げることだってできるよ！」

大切な友達のそんな言葉は、胸の奥に強く響いた。

……本当にできるのだろうか。

何もない俺でも、もう一回挑戦してみてもいいのだろうか。

「私にできることなら手伝うから、やってみようよ！」

丸谷《まるや》が背中を押してくれるように、そう言ってくれる。

……彼女には本当に励まされるな。

それに爺《じい》ちゃんも言ってくれた。

いまこの場で花火《はなび》を打ち上げることを頼めるのは、俺だけだって。

あんなにも美しい花火を打ち上げていた〝特別〟な人がそう言ってくれている。

〝特別〟じゃない俺のことを信じてくれている。

何もない俺は、何もできないかもしれない。

でも、この場でたった一度だけ花火を打ち上げることくらいなら、できるかもしれない。

だから俺は花火に全てを懸けている爺ちゃんのために、夏祭りを楽しんでいる人たちのために、全力で励ましてくれる丸谷のために。

俺は——。


「わかった、俺が最後の花火を打ち上げる」

言った瞬間、爺ちゃんがまた笑った。丸谷は嬉《うれ》しそうな顔をしている。

「その代わり救急車は呼ぶからな」

「……わかってるよ」

爺ちゃんの返事を聞いたあと、俺はスマホを使って救急車を呼ぶ。

その後、とりあえず丸谷と力を合わせて爺ちゃんを近くのベンチに運んだ。

まだ言葉は話せるし、救急車が着いたらなんとか助かりそうだ。

というか、助かってもらわないと困るんだよ。

次に俺は丸谷に協力してもらって、最後の打ち上げ花火の準備を始めた。

どうしてもわからないことがあったら爺ちゃんに訊《き》くけど、なるべく安静にさせたいから避けたい。

「次に花火玉をくれるか？」

「えーっと……花火玉ってこれだよね？　はい、どうぞ」

丸谷から大きな花火玉をもらうと煙火筒《はなびづつ》に入れる。

……よし、これで準備はできた。

煙火筒の一番下に発射薬、その上に花火玉を置いたから、あとは投げ込み薬っていう点火するためのものを筒の中に投げ入れるだけだ。

「い、いくぞ」

「う、うん……」

緊張しながら俺は丸谷と目を合わせる。

もう投げ込み薬を入れるだけで、花火《はなび》が打ち上がるはずなんだ。

きっと大丈夫だ。自分に言い聞かせるようにしてから、俺は手に持っている投げ込み薬を筒の中に――入れた。


……だが花火は打ち上がらなかった。


「……どうしてだよ」

花火が打ち上がらないことに焦るが、すぐに俺は自分の手順が間違ってないか考える。

発射薬、花火玉、投げ込み薬……いや間違ってないはずだ。

爺《じい》ちゃんから何百回も聞いたから、絶対に正しい。

じゃあ何が原因なんだ？

そういえば爺ちゃんからたまに花火を空に打ち上げる発射薬が運悪く点火しないことがあるって聞いたことあるけど……それなのか？

だとしたら、もう一度投げ込み薬を入れて発射薬を点火させるとか？

……わからない。もう爺ちゃんに訊《き》くしか。

俺は爺ちゃんが横になっているベンチへ行く。

「な、なんだ……？」

しかし爺ちゃんはさっきよりも苦しそうだった。

まだ喋《しゃべ》れるかもしれないけど……打ち上がらない原因がわかってないからきっと爺ちゃんに道具を見てもらわないといけないし……いや、爺ちゃんはもうそんなことをできる状態じゃない。無理だ。

「な、なんでもないよ。その……ちゃんと花火を打ち上げてくるからな」

「……お、おう。頼んだ」

爺ちゃんは弱々しい声だけどそう返してくれた。

俺はすぐに戻って、原因を考える。

……やっぱり手順は間違っていないし、どう考えても発射薬が点火してないとしか思えない。そう考えた俺は投げ込み薬をもう一回入れることに決めた。

でも、投げ込み薬が入っている箱を見てみると――。

「一個しかない⁉」

箱の中に入っている投げ込み薬は、たった一個だけ。

……まずいぞ。もしこれで失敗したら花火を打ち上げることができなくなる。

爺ちゃんの期待に応えることができなければ、夏祭りに来てくれた人たちを悲しませてしまうし、丸谷《まるや》が励ましてくれた意味もなくなってしまう。

……また俺は何もできずに終わってしまう。

「小川《おがわ》くん？　花火《はなび》が打ち上がらない原因わかった？」

丸谷《まるや》が心配そうに訊《き》いてくる。

「ちょ、ちょっと待ってくれ。もうすぐわかりそうだから」

不安にさせまいとそう言うと、俺は箱の中の投げ込み薬を手に取る。

残りはこのたった一個のみ。もし俺の考えが間違っていてこの投げ込み薬で花火が打ち上がらなかったら、全てが台無しになる。

……恐《こわ》いよ。恐すぎる。

恐くて、恐くて、たまらない――。


「小川くん！　大丈夫！」

失敗をひどく恐がっていたら、丸谷がまた励ますように言ってくれた。

「丸谷……？」

「小川くんがまた不安そうにしてたから……でもさっきも言ったよね。小川くんなら花火を打ち上げることだってできるって」

「で、でも……もし失敗したら――」

「失敗したら私も一緒に謝る。だから恐くないよ」

優しく微笑《ほほえ》んでくれる丸谷。

そんな彼女を見ていると、不思議と徐々に心が落ち着いてきた。

「それにね失敗しても、次頑張ればいいんだよ！　ずっと私が一緒にいるから！　また二人で何度でも挑戦してみようよ！　文化祭の時みたいに！」

「また二人で……」

文化祭の時のことを思い出す。

俺が不甲斐《ふがい》ないせいでセンターを踊れなかったのは悔しかったけど……それでも丸谷と一緒にダンスを練習して頑張った日々は、挑戦した日々は——とても楽しかったんだ！

こんなことを思うのはすごくダサいけど、丸谷が一緒にいてくれるなら、もう何も怖くないのかもしれない。いや、何も恐くない！

「丸谷、一つお願いしてもいいか？」

「うん、いいよ」

丸谷はすぐに答えてくれる。……優しい彼女ならそう言ってくれると思った。

「今から最後の投げ込み薬を入れるんだけど……その手を握っていて欲しいんだ」

「手を握ったらいいの？　……わかった」

丸谷はちょっと頬《ほお》を赤くしながら、投げ込み薬を持っている手を優しく握ってくれる。

正直、俺もだいぶ顔が赤くなっていると思う。

……でもこれでなんの不安もない。
ダメだったら――なんてことはダメだった時に考えたらいい。
「いくぞ、丸谷《まるや》」
「……うん」
そうして、二人で一緒に最後の投げ込み薬を筒の中に投げ入れた。
……だが、また花火《はなび》は打ち上がらなかった。
やっぱり俺の考えが間違っていたか……。
そう落ち込んでいたら、隣を見ると丸谷が両手を合わせて祈っていた。
花火が打ち上がるように、と。
……そうだ、まだわからない。
爺《じい》ちゃんは、たまに花火が打ち上がるのが遅れることもあるって言っていた。
だったら、俺もまだ諦めるわけにはいかない。
俺も丸谷のように両手を合わせる。
お願いだ。この一瞬だけでいい。
俺にも何かを成し遂げさせてくれ。
爺ちゃんのために、夏祭りに来ている人たちのために、丸谷のために。
花火を打ち上げさせてくれ。

――頼む、打ち上がってくれ！


刹那、爆発音と共に笛のような音が空へ登っていく。

そして――夜空には大きな、大きな菊の花が咲き誇った。

今まで見た花火で一番大きくて、綺麗《きれい》な花火だった。

――心が震えた。

「すっげぇ……」

夜空を覆い隠してしまいそうな、巨大で美しい花火に言葉を漏らしてしまう。

もちろん花火が打ち上がった喜びもあるけど、それを優に超えるほど感動していた。

そういえば丸谷は？　と隣を見ると、彼女も花火に夢中になっていた。

「綺麗……」

花火に釘付《くぎづ》けになりながら、丸谷は呟《つぶや》いた。

――が、彼女は何かを思い出したかのように口に手を当てると、

「た、たまや～！」

ぎこちない感じで、でも大きな声で叫んだ。

丸谷ってこういうことするんだ……と意外に思ったけど、そんな彼女はちょっと楽しそ

うにしていた。――じゃあ俺も。

「たまや～！」

丸谷《まるや》と同じように叫ぶと、彼女は驚いたようにこっちを見る。

そして――お互いに楽しくなって笑い合った。

二人して夜空に視線を戻すと、ゆっくりと菊の花が消えていった。

その様も少し切ないけど、花火《はなび》が打ち上がった時と同じくらい綺麗《きれい》だった。

――また二人で目を合わせる。

「やったな」

「全部小川《おがわ》くんのおかげだね」

「そんなことないに決まってんだろ。丸谷が一緒にいてくれたからだよ」

俺は言葉を返したと同時に、さっき丸谷が言ってくれたことを思い出す……そういえばずっと一緒にいるって言ってくれなかったか？　それって――。

「あ、あのさ丸谷――っ！」

丸谷に声を掛けようとすると、彼女は耳まで真っ赤になっていた。

……あー、これはさっき自分で言ったことを思い出しちゃったのかな。

「だ、大丈夫か？」

「な、なにかな？　わ、私は全然大丈夫だよ……」

そう言うけど、まだ顔が赤くて全然大丈夫そうじゃない。

そんな彼女を見ていると、俺まで恥ずかしくなってしまう。

……って、ちょっと待て。よく考えたら恥ずかしくなってる場合じゃない。

「爺《じい》ちゃん！」

ベンチを見るが——爺ちゃんがいない⁉　ど、どこに行った⁉

「小川くんのお爺ちゃん、消えちゃった」

丸谷も驚いている。そりゃそうだ。あんな体で動けるはずないのに……。

ど、どうしよう……。

「優輝《ゆうき》！　こんなところにいたのか！」

慌てていると、不意に聞いたことのある声——って爺ちゃん⁉

見つかって良かったけど……でも、その爺ちゃんは元気に立っていた。

なんなら急いでこっちに駆け寄ってくる。

「じ、爺ちゃん、体は大丈夫なのか？」

「は？　なに言ってんだお前は？　それよりもどこに行ってたんだよ。家族みんなでお前のことを探してたんだぞ」

爺ちゃんが訳のわからないことを言い出して、俺は混乱する。

……俺を探す？

それから俺は爺《じい》ちゃんの話を聞いた。

なんでも体調が悪い俺が家からいなくなって、両親、秀也《しゅうや》、爺ちゃんで大捜索していたらしい。そうしたら爺ちゃんがいないにも拘《かか》わらず花火《はなび》が打ち上がっていたので、公園に来てみたら俺を見つけたらしい。

なるほど……さっぱり意味がわからん。

いや、言っている意味はわかるんだけど、花火が打ち上がっている間、爺ちゃんはここにいたし、なんなら最後の一発以外は自分で打ち上げていたし。

……まじでよくわからんなぁ。

「花火は優輝《ゆうき》が打ち上げたのか？」

「えっ、まあ最後はそうだけど――」

「よくやった！」

爺ちゃんはそう言って笑ってくれた。……最後以外は爺ちゃんが打ち上げたんだけどね。

まさか爺ちゃん、忘れてるのかな。

「勝手に打ち上げたのは良くないが……優輝ならやれると思ってたんだよ！　本当によくやったな！」

笑顔のまま、すごく嬉《うれ》しそうにしてくれる爺ちゃん。

勝手に打ち上げてないし、むしろ爺ちゃんに頼まれてやったし……もう何がなんだか。

……でも爺ちゃんに褒められて、めっちゃ嬉しかった。

あと、体が大丈夫そうで安心した。というか大丈夫そうどころか普段より元気に見える。

さっきは俺のところまで走ってきていたし、スピードもクソ速かった。

……やべっ！　そういやこのままだと救急車がここに来ちゃうじゃん！

走っても余裕で元気そうな爺ちゃんのために、救急車に来てもらうわけにはいかないよな。急いで事情を話さないと！

俺はもう一度救急に電話をして、爺ちゃんの状態が回復したことを伝えた。

救急の人たちは最初はそれでも来てくれると言ってくれたけど、爺ちゃんに頼んで彼らに爺ちゃんの元気な声を聞かせたら、ようやくあっちも納得してくれた。

……これで救急の人たちに迷惑をかけることはなくなったな。

その後、爺ちゃんになんで救急車を呼んだのかと訊《き》かれて、俺は驚きながらも説明したら、爺ちゃんはなぜか首を傾《かし》げた。

年取りすぎて、さっきまで自分が苦しんでいたことすら忘れてしまったのだろうか。

いや、でも爺ちゃんは今まで俺のことを探していたとか言ってたし……やっぱり謎だ。

「さて、そろそろ帰るぞ。明彦《あきひこ》たちが心配してるからな」

不思議に思っていると、不意に爺ちゃんが言い出した。

「えっ、でも丸谷《まるや》が――」

「私は大丈夫だよ。最後の最後まで小川《おがわ》くんと夏祭りを楽しめたから」

「そ、それなら良いけど……爺《じい》ちゃんの車で送ってもらうよな？」

「ううん、実は私の家ってこの近くなんだ。だから大丈夫」

丸谷《まるや》はそう言った。初めて知った。丸谷の家ってこの辺なんだ。

「……そっか。……じゃあ、またな丸谷」

「うん、また会おうね」

そんなやり取りをしたのち、俺は先に歩いている爺ちゃんについていこうとする。

……いや、肝心なこと言い忘れてたな。

「その……俺も丸谷と一緒の夏祭り、めっちゃ楽しかったよ」

「っ！　……あ、ありがとう」

ちょっと緊張して言ったら、丸谷は恥ずかしそうに言葉を返してくれた。

そんな彼女を見て、鼓動が速くなる。

……最後の最後まで、丸谷にドキドキさせられたな。

そうして、今年の俺と丸谷の夏祭りは終わった。

タマと過ごした去年と同じくらい、いやそれ以上に最高に楽しい夏祭りになったんだ！

◇◇◇

あれから爺ちゃんが俺のことを母さんたちが待つ自宅まで車で送ってくれた。

本当は昴希《こうき》が俺の家にいるはずなんだけど消えたらしく、さっきあいつから電話が来て「今日だけ元に戻って～」と来たので、仕方がなく今日限定で『小川優輝《ゆうき》』に戻ることにした。昴希のやつ、どんだけ勝手なんだよ……まあいいけど。

「ただいま～」

家の中に入ったら、玄関の前に母さんと父さんと秀也《しゅうや》が立ちふさがっていた。

しかもよく見ると、母さんは髪が乱れていて、父さんは息を荒くしている。

秀也はさっきまで泣いていたんじゃないかってくらい目が赤い。

「……なに？　どうしたの？」

訊《たず》ねると、母さんがものすごい形相でこっちを見てくる。

「どうしたのじゃないでしょ！」

さらにはめっちゃキレられた。

「……え、なに？　どういうこと？」

「こんな置き手紙残してどういうこと、じゃないだろ」

父さんが一枚の紙を見せてくる。

それにはこんなことが書かれていた。

『もう疲れました。ちょっと遠くに行ってきます』

きっと昴希《こうき》が書いたものだろう。……あいつ、なんてややこしいことしてくれてんだよ。

「兄さん！　死なないでよ！　僕、一緒にゲームしたりなんでもするから！」

急に秀也《しゅうや》が泣きついてきた。その気持ちは嬉《うれ》しいけど……次から次へとなんだこれ。

つーか、爺《じい》ちゃんから置手紙があるなんて聞いてなかったんだけど。

「爺ちゃんはこれ、知らないのか？」

「菊次郎《きくじろう》さんに言えるわけないでしょ！　ショックで倒れたらどうするのよ！　でも菊次郎さんは優輝《ゆうき》が大好きだからいなくなったことだけ伝えたの！」

「そ、そっか……けど、そんなにキレなくても」

「怒るに決まってるじゃない！　なんでこんな――」

それから母さんが手を大きく振り上げた。

あぁ、今まで一度もぶたれたことなかったけど、ついにこの時が来たか。

まあこんなダメな息子で一回もぶたれていなかったことが不思議だったけどな。

そんな覚悟した時だった。

――母さんは俺のことを強く抱きしめた。

「……母さん？」

訊《たず》ねるが、母さんは鼻をすすっていて……泣いてる？

「……優輝、ごめんね。たぶん私のせいよね。私がいつも秀也と比べたり、他にも色んなことを言ったりしていたから」

母さんがそんなことを言ってくれた。

予想外の言葉に、俺は驚いて何も言えなくなる。

「いや、俺も悪い。毎日お前に余計なことを言い過ぎてた……すまん」

すると、父さんもそう伝えてくれて、

「兄さん、僕は今のままの兄さんが大好きだよ！　だからいなくならないで！」

秀也も涙を流しながら、強く伝えてくれた。

この時、ようやくわかったんだ。

あぁ、俺はこの家族にいてもいいんだ。

何もなくても〝特別〟じゃなくても一緒の時間を過ごしてもいいんだって。

それがわかると、思わず泣いてしまいそうになる。

でも、俺は必死に我慢して――笑ってやった。

「バーカ。俺がいなくなったりするわけないだろ」

そして、俺も伝えたんだ。家族みんなに――。

「俺は母さんと父さんの息子で、爺《じい》ちゃんの孫で、秀也《しゅうや》の兄ちゃんの小川優輝《おがわゆうき》だからな！」

◇◇◇

丸谷《まるや》と一緒に夏祭りに行って、花火《はなび》を打ち上げた日から暫《しばら》く経《た》って。

夏休み最終日。俺はいつもの神社に来ていた。

「久しぶり！　優輝！」

「久しぶりだな、昴希《こうき》」

昴希に会うと、お互いに挨拶を交わす。実は彼に一日だけ元に戻ろうと言われた日から俺たちは一回も入れ替わっていない。

めちゃくちゃ自分勝手だけど、俺から入れ替わるのを止《や》めたいって伝えたんだ。

そうしたら昴希はあっさり承諾してくれた。

それから俺は家族と過ごす時間が増えて一緒に出かけることもあったから、俺と昴希が会うのもかなり久しい。

「その後、どう？　優輝の家族とは」

「母さんと父さんはもう秀也と俺を比べなくなって、なんなら一緒に買い物に行くこともあったし……良い感じかな」

「へぇ～良かったじゃん」

「まあ秀也が勉強してる時以外、俺にベッタリなのがあれだけどな」

秀也は勉強してる時や塾に行ってる時以外は、俺と一緒に遊ぼうとしてくる。

たぶんあの置き手紙がトラウマになってるんだろう。

「昴希の手紙のせいで、色々大変だったよ」

「オレの手紙のおかげで、すごく助かったでしょ？」

昴希は得意げな顔を見せてくる。……こいつは相変わらずだなぁ。

「でもさ、なんであんな置き手紙したんだよ」

「なんでって本当のことを書いただけだよ。体調が悪くてもう疲れました。ちょっと遠く——オレの家に行ってきます。オレの母さんに看病して欲しかったから、なんてね」

置き手紙の説明をしてくれるが、強引すぎるし、この感じだと夏祭りの日、昴希が本当に体調が悪かったのかも怪しい。

「……昴希《こうき》って不思議なやつだよな」

「オレってミステリアス？　いいねそれ！」

遠回しに色々訊《き》こうとしても、こんな風に昴希はいなすような言葉を返す。

これを続けても彼の対応は変わらないだろうし、直接的に訊いてもあまり結果は変わらないだろう。……まあいいか、昴希のおかげで家族関係が良好になったのは良かったし。

それよりも、昴希には伝えておかないといけないことがある。

「俺さ、花火師《はなび》を目指すことにしたよ」

続けて、俺は夏祭りの日にあった出来事を話した。

〝特別〟じゃない、何もない俺が大きくて綺麗《きれい》な花火を打ち上げられたことを。

「そんなことがあったんだ！　だから花火師かぁ、カッコいいね～」

「まあ昴希みたいに〝特別〟じゃない、何もない俺でも、できることがあるかもしれないって知ることができたからな」

花火を打ち上げられたからって、花火を作れるとは限らないけど。

……でも、俺はまた挑戦したいと思えたんだ。

これは丸谷《まるや》のおかげだな。花火を打ち上げる時、沢山励ましてくれて、沢山力になる言葉をくれたから。

しかし俺の話を聞いて、昴希の口から予想外の言葉が飛び出した。

「それは違うよ」

不意に聞こえた言葉に、俺は驚いて彼を見る。

「……何が違うんだよ」

「ちょっと、そんな恐《こわ》い目で見ないでよ」

昴希は軽く笑って言葉を返すと、続けて話してくれた。

「キミは自分のことを〝特別〟じゃないって言うけど、そんなことないんだよ」

「？　どういうことだよ？」

「だって、この世界には『小川優輝《おがわゆうき》』は一人しかいないんだ。キミしかいないんだよ。代わりなんていないんだ。その時点でもうキミは〝特別〟だと思わない？」

昴希は弾んだ声で楽しそうに語ってくれる。

彼が言いたいことはわかるけど……。

「……でも、俺は何もできない」

「何もできなくないじゃん。花火を打ち上げたんでしょ？」

「そ、それはそうだけど……」

あれは運が良かったというか……まあ一応花火の知識はあったけど、それでも全部が全部自分のおかげだとは思わない。それこそ丸谷のおかげもあるし、爺《じい》ちゃんが俺を信頼してくれたっていうのもあるし……そもそも花火《はなび》を打ち上げたって言っても、一発しか打ち上げられてないんだよな。

そんな風に色々考えていたら——。

「あのね、よく何もできないって思う人がいるけど、それは自分ができることがまだ見つかってないだけなんだよ。逆に何かできる人っていうのは早く自分ができることが見つかっただけ。何かできる人と何もできない人の違いなんて、ただそれだけなんだよ」

昴希《こうき》は今度は真剣な表情で、俺によく伝わるようにゆっくりと話してくれた。

「だけど俺は小さい頃から色んなことに挑戦してきたけど、ずっと見つからなかったぞ」

「そうしたらもっと探したらいいんだよ。探して、探して、探し続けたら、きっと自分ができることが見つかるさ。キミが夏祭りで花火を打ち上げることができたみたいにね」

昴希はどこか優しい口調で話してくれると——。

「だからね、優輝《ゆうき》は生まれたときから自分を〝特別〟だって思って良かったんだよ」

続けて最初に言ってくれたことを、もう一度伝えてくれた。

そんな彼はこっちを励ますように笑っていた。

……そっか、何かをできる人も何もできない人も、そんなに変わらないんだ。

それが〝特別〟かどうかを決める理由にはならないんだ。

じゃあ、何もない俺も〝特別〟って思ってもよかったのか。

だって――『小川《おがわ》優輝』という存在は、この世界で俺以外に一人もいないんだから。

「……昴希って優しいよな」

「よく言われる！」

俺の言葉に、昴希は得意げに反応した。

また笑ってるし。でも彼の笑顔を見ていると、俺も同じように笑ってしまった。

すると、急に昴希は立ち上がる。

「さてと、今日は用事があるし、そろそろオレは帰ろうかな」

「もう帰るのか……」

「なに？　寂しいの？」

「……まあな」

言うと、昴希はちょっとびっくりしたような顔をする。

「そ、そっか。でも大丈夫だよ！　またすぐに会えるさ！」

そう言って昴希は歩き出そうとするが――止まって、振り返った。

「もう今後、入れ替わる必要はないよね？」

昴希は確認するように訊《たず》ねる。そんな彼の目は少し心配そうにしていた。

でも俺は——。

「あぁ。俺は『小川優輝《おがわゆうき》』としてちゃんと生きていくよ」

「良いね！　最高だ！」

言い切ると、昴希《こうき》は今日一番の笑顔を見せた。

やっぱり優しいやつなんだよな、昴希って。

なんて思っていたら、昴希が何かを思い出したようにこっちにやってきた。

な、なんだ……？

「これ、あげる」

昴希は自身のパーカーを脱ぐと、差し出してきた。

「これ、昴希のトレードマークなんじゃ……？」

「持っててよ。優輝にあげたいんだ」

昴希は真っすぐな瞳で、こっちを見つめてくる。

色々疑問はあるけど……でもこれだけ真剣ならもらわないと失礼だ。

「ありがとう、大切にするわ」

「毎日着てね」

昴希はそう言ってウィンクしてくる。

「それはちょっと……まだ暑い日とかあるし」

「毎日着て」

「……善処するわ」

昴希の圧に押されて、俺は言葉を返した。……まあ着れる日は全部着よう。

それから昴希が先に神社を出ることに。

俺はタマが出てくるかもしれないから、もう少し神社にいることにした。

花火《はなび》を打ち上げた日以降、タマを探すことを再開しているから。

「じゃあまたね、優輝」

「おう。またな昴希」

そうして昴希は神社を去ろうとする。

──だけど彼の背中を見ていると、なぜかこのまま別れていいのかと不安になってきて。

「なあ昴希！」

大声で呼び止めると、昴希は振り返った。

「どうしたの？　優輝」

昴希の顔を見て、俺はいま言おうとしていることを口に出してしまうか迷う。

こんなこと言うのなんて今更だし……恥ずかしいし……だけど！

「俺たち、友達にならないか？」

俺が勇気を出して言うと、昴希《こうき》は一瞬きょとんとしてから——笑った。

「こんな時にそんなこと言う？」

「そ、それはそうだけど——」

「てかさオレたち、とっくに友達じゃん！」

不意に放たれた一言に、俺は心臓がドキッとする。……こいつ、カッコいいかよ。

正直、めちゃくちゃ嬉《うれ》しかった。昴希と出会って、入れ替わったり、神社で一緒に話したり、そんな日々を送るうちにずっと彼とは友達になりたいと思っていたから。

「じゃあまたね！　優輝《ゆうき》！」

「またな！　昴希！」

最後に二人で言葉を交わすと、昴希は神社を去って行った。

昴希は調子乗りで、ちょっとやかましいところあって、面倒なところもあって。

でも、一緒にいると楽しくて、すごく優しくて、大切なことを教えてくれて。

——最高の友達だ！

◇◇◇

夏休みを終えてから、また普通の学生生活が始まった。

いや、俺は夏休み前とは少し変わったかもしれない。

まず友達が増えた。

なぜか松本《まつもと》くんが俺に話しかけてくれるようになって、邪険にするのもおかしいからずっと話していたら、松本くんはゲームが好きらしくて一緒に遊ぶようになった。

さらには丸谷《まるや》が、俺が花火《はなび》を打ち上げたことをうっかり誰かに言ってしまったらしくて、他のクラスメイトからも話しかけられるようになったんだ。

そんな感じで、夏休み前よりも友達がかなり増えた。

休日には、爺《じい》ちゃんの家で花火の勉強をしている。

まだ十八歳未満だから、さすがに直接作業することはできないけど。

夏祭りのあの時は、状況が特殊だったからな。

そうして、学校生活や花火師を目指す生活を送る中。

休日の昼頃。俺はまたいつもの神社に来ていた。

「……今日も来ないか」

石段に座りながら、俺は呟《つぶや》いた。

もちろんタマのこともあるけど……夏休み最終日に昴希《こうき》と別れて以来、彼と会えていない。それどころか彼の家に行ってみたら、家の中からは昴希母でもなく昴希父でもなく、昴希本人でもない、全然知らないヤンキーなお姉さんが出てきた。

まあ玄関の前に立った時点で、表札が『鈴木《すずき》』だったからおかしいと思ってたけど……昴希って何者なんだ？

「本当に不思議なやつだなぁ」

昴希と会えなくて寂しい……けど、それはタマの時に抱いたものとは違って、どこか受け入れられる寂しさだった。

先日、昴希と別れた時に、俺自身が心の奥ではなんとなくもう会えないってわかっていたのかもしれない。

それでも俺はこの神社で昴希のことも待ち続けるけどな。

ここなら会えるかもしれないし。

「それにしても暇だなぁ」

前の俺ならタマと一緒に遊んだりしていたのに……一人だと暇すぎる。

……ちょっと寝ようかな。

そんなことを思っていた時、近くの茂みがガサガサと動く。

だ、誰だ？　昴希か？　タマか？

それとも全然違う動物か……？

そして――。

「クゥーン！」

なんとタマだった！

俺が両手を広げると、タマは腕の中にダイブしてくる。

「タマ！」

そういえば、キツネに触っちゃいけなかったけど……もういいや。

タマと会うのはどれくらいぶりだろう。一ヵ月以上は経《た》っている気がする。

そんなことを考えていたら、嬉《うれ》しくて視界が歪《ゆが》んできた。

「どこ行ってたんだよ、もう！」

「クゥン！　クゥン！」

「なるほど。なに言ってるか全然わかんないな」

久しぶりのこのやり取り。懐かしささえ感じるなぁ。

正直、タマには訊《き》きたいことが沢山ある……でもタマは喋《しゃべ》ることができないから。

その代わりに俺は――。

「タマに沢山話したいことがあるんだけど、話してもいいか？」

「クゥン！」

タマは強く返事をしてくれる。

きっと俺の話なんて一ミリもタマにはわからないだろう。

でも、大切な友達には話しておきたいんだ。

この夏に起きた、かけがえのない物語を――。

「まず夏休みにとんでもないやつに会ったんだよ、小川昴希《おがわこうき》っていうやつでさ――」

それから俺はタマにこの夏のことを話したんだ。

――昴希のパーカーを着たまま。

これは〝特別〟を諦めていた『小川優輝《ゆうき》』が、顔が瓜二つ《うりふた》の少年『小川昴希』のおかげで、自身が最初から〝特別〟だったと知ることができた――ひと夏の物語。

# ○エピローグ

とある日。私は今日も神社で小川《おがわ》くんを待っていた。

傍《そば》には金魚鉢が置いてあって、中には優雅に金魚が泳いでいる。

名前はタマキ。タマと小川優輝《ゆうき》くんの優輝を組み合わせちゃった。

『ぽよお気に入りぽよね～その金魚』『金魚って見ていて、面白いのか？』

『拙者はつまんないでござる』『お前らは風情がねぇなぁ。それでも神かよ』

傍《そば》で四人――ううん、四柱の神様が喋《しゃべ》っていた。

そう。彼らは神様なんだ。そして――私もね。

人々からは『稲荷神《いなり》』と呼ばれている。彼らはここから近くにあるいくつかの稲荷神社に各々住んでいて、暇だったらたまにこうしてやって来る。

稲荷神社は日本に約三万社あるから複数の稲荷神社が近くにあることは多いし、稲荷神といってもずっと神社にいないといけないってわけじゃないから。最低限、神社で祭りが行われている日や参拝する人が多い年末年始とかに、神社にいたらそれでいい。

『あのね、今から私は大事な用事があるの。用がないなら早く帰ってくれないかな』

『そんなつれないこと言うなし。夏休み、あーしたちあんなにぽよ頑張ったんだから、ちょっとくらい二人の様子見たっていいっしょ？』

　四柱のうち、見た目がギャルの稲荷神が適当なギャル語でそう言うと、

『そうでござる。拙者も彼の友達役をめちゃめちゃ頑張ってござるよ』

『我も同じだ』

『俺なんか友達役に加えて、爺《じい》ちゃん役もやらされたからな。急いで花火《はなび》の打ち上げ方を学んでさ……いくら俺がなんでもできるとはいえ、さすがに大変だったわ』

　忍者口調の稲荷神、中二病の稲荷神、グラサンをかけた稲荷神も続けて訴えてきた。

　最後のグラサンをかけた稲荷神の言葉に、忍者の稲荷神と中二病の稲荷神は『グラサンはなんでもできすぎでござるよ』『恐ろしい男だな』と反応する。

『それにあーしはママ役を頑張ったし、ここにはいないけどヤンキーちゃんもパパ役頑張った上に家も貸してくれたよね～』

　ギャルの稲荷神がまだ帰らなくてもいいよね？と目で訴えてくる。

『そ、そのことは本当に感謝してるけど……ダメなものはダメだもん』

『え～ケチ～』

『だ、だって、その……は、恥ずかしいし』

　顔を熱くしながら言葉を返すと、ギャルの稲荷神はくすっと笑った。

『そんなにハズいぽよね～。しょうがない、今日はその赤い顔に免じて帰ってやるし』

『えっ、帰るでござるか？』『ピュアトークをする男女を見たいのだが』『俺も見てぇ』

それにギャルの稲荷神《いなり》が『どうせ見れる機会はいつでもあるし、また今度見ればいいっしょ』と説得すると、忍者口調の稲荷神たちも渋々納得した。

それから四柱は自分たちの神社に帰ることに。

『ぽよぽよ頑張って』

別れ際、ギャルの稲荷神から励まされた。相変わらずギャル語は間違っているけど……すごく嬉《うれ》しい。――それから一人になった私。いつも通りだと小川《おがわ》くんが来るまではもうちょっとかかるかな。そう思った私は少し思い返すことにした。

小川くんとの思い出を――。

小川くんと初めて出会ったのは、約一年前。

稲荷神にはちょっと特殊な力があって、それは自身が何にでも化けられるという力。

とある日。私はその力を使って、キツネに化けて住宅街を歩いていた。

理由はちょっと自分と似ているところがあるキツネが好きだからっていうのと、キツネに化けていると歩いているだけで沢山の人々に注目されるから。

私が毎日過ごしている神社は、昔はもっと栄えていて参拝してくれる人も多かったんだけど、時が経《た》つにつれて段々と人々は訪れなくなって、いまみたいに廃れてしまった。

たまにギャルの稲荷神たちが来てくれるけど……それでもずっと独りで寂しかった。

ゆえに時々キツネに化けて人々から注目されたかった。私のことをちゃんと見て欲しかった。だけど、やっぱりそれだけでも寂しくて……。

そんなことを考えていたら、気づいたら私は車に轢《ひ》かれそうになっていた。

——と言っても、たとえ車に轢かれたとしても死んだりはしない。痛みすら感じないと思う。だって神様だし。

そう思っていたんだけど……結局、私は車に轢かれなかった。

彼が——小川くんが助けてくれたから。

それが私と小川くんの初めての出会い。

助けてくれた時、正直不思議な気持ちだった。自分の命を懸けてまでなんでキツネを助けたんだろう？　自分が死んじゃうかもしれないという恐怖はないのかな？

もちろん助けてくれたことは嬉しかったし、すごい人だなって思ったけど……それより小川くんのことをもっと知りたくなったんだ。

でも振り返ってみれば、当時の私は本当は期待していただけだったのかもしれない。

命を懸けて助けてくれた小川くんなら、ひょっとしたら私の寂しさもなくしてくれるんじゃないのかなって。

助けてもらった直後、私は頑張って彼を神社に案内した。

そうしたら、小川《おがわ》くんはその日ずっと私と一緒にいてくれた。沢山話してくれた。遊んだりもしてくれた。

そして別れ際、私が寂しそうに見えたのか――。


『大丈夫だよ！　明日も来るからさ！』


笑ってそんなことを言ってくれたんだ。

その瞬間、私はずっと感じていた寂しさがちょっぴりなくなった。

小川くんは言葉通り、翌日も来てくれて――それから私は小川くんと一緒に過ごす日々を送るようになった。そうしていくうちに、やっぱり段々と寂しさはなくなっていって。

――小川くんは、私の中で大切な存在になった。

私はもっと長い時間、小川くんと一緒に過ごしたくなって彼が通っている夏海《なつみ》高校に通うことにした。稲荷《いなり》神の中には普段は人に化けて人々に紛れて生活している神様もいて、夏海高校の教師の中にもたまたま稲荷神がいたから頼んで私が学校に入ることに協力してもらった。

夏海高校で小川くんと一緒に過ごす学校生活は、それはもう楽しかった！

途中からギャルの稲荷神たちも学校に入ってきたことにはびっくりしたけど……このま

まずっと小川くんと楽しい学校生活を送りたいなって思った！

……けれど、文化祭で踊るダンスのセンターを決める時、私は失敗をしてしまった。センターに立候補しようか悩んでいる小川くんに、センターをやってみようって勧めちゃったんだ。――そのせいで結果的に、私は彼を傷つけてしまった。

『そんな俺ってさ、生きている意味あるのかな……』

さらには、こんな言葉まで言わせてしまった。

……やってしまったと思った。早く彼を助けないとって思った。

だから夏休みに入ると、私は彼がいう〝特別〟な人間――『小川昴希《こうき》』に化けて入れ替わることにした。そうしたら小川くんは〝特別〟になれて喜ぶと思ったから。

昴希の両親や友達、家とかはギャルの稲荷神たちに協力してもらった。

そうして最初は数日だけだった入れ替わりも、最後にはずっと入れ替わりたいって言ってくれた。良かった、これで小川くんを助けられる。〝特別〟のままにできると思った。

……でも完全に入れ替わってから、小川くんの表情が暗い時が多くなった気がした。

その時に思ったんだ。これで本当に良かったのかって。

これは本当に小川くんが望んだことなのかって。

そして、私は改めて考えた。

そもそも小川くんは〝特別〟じゃない人なのかって。

──違う、そんなことない。

小川《おがわ》くんは私から寂しさをなくしてくれて──救ってくれた。それは彼にしかできないことで、この時点で私にとって彼は〝特別〟な人だった。

そもそも私は昔からずっと人々を見てきたけど、みんな大なり小なり絶対に自分にしかできないことがあったんだ。

……だから、これを小川くんに教えてあげたらいい。

そう考えた私は他の稲荷《いなり》神たちに、小川くんに花火《はなび》を打ち上げさせたいことを話した。

彼がお爺《じい》さんの家で花火玉をいじったりしていたことは、森からキツネの姿でこっそり見ていて知っていたから。

そうして作戦を実行したら──小川くんは見事に花火を打ち上げることができたんだ！

その花火が打ち上がっている間、小川くんが心の底から感動している様子を見て、これで良かったんだって安心した。

そして、彼が打ち上げた花火は最高に綺麗《きれい》だった！

『あっ、小川くんだ』

小川くんが石段の階段を上がってくる姿が見えた。

そんな彼の髪にはヘアピンが着いていて、パーカーも着ていた。

どちらも私が渡したもの。

実はあのパーカーは、彼が高校の裁縫の授業で上手《うま》くいかなくて止《や》むなく捨ててしまった布と、ファッションセンスが良いギャルの稲荷神に協力してもらって購入したパーカーを使って、私が作った。

その時、彼がとても悔しそうな顔をしてたから報いてあげたかったんだ。

だからっていうのもあるし、昴希《こうき》として一緒に過ごした日々を大切にしてもらいたくてパーカーを彼にあげた。

今日もパーカーを着てくれて、ヘアピンも着けてくれて——嬉《うれ》しいな。

それから私は準備をする。キツネ——タマに化ける準備だ。

さすがに神の姿のままで会ったら驚かせちゃうし、万が一他の誰かに見られて大騒ぎになったら何が起こるかわからなくて、全ての稲荷神に危険が及ぶかもしれないから。

ゆえに、どの稲荷神も人間に神の姿は見せていない。

……でも、いつか本当の姿で小川くんと話せたらいいな。

だって私の本当の姿は頭にキツネのようなモフモフの耳、お尻に同じくモフモフの尻尾があって、人間の姿より結構可愛《かわい》い……と思うし。

次に、私は化けるためのポーズを取る。

右手は大きく開いて横向きに、左手は人差し指をピンと立てる。

その二つを重ねて――花火《はなび》のような形を作る。

本当はこれで化けられるようにはなっているんだけど、化ける時に私は小川《おがわ》くんが付けてくれた名前にちなんで、いつも言っている言葉がある。

知ってる、小川くん？　稲荷神《いなり》の中には、名前がない神様が沢山いるんだよ。

大きくて立派な神社の稲荷神には名前があるけど、小さな神社にいる私みたいな稲荷神には名前なんてないの。

だからね、あなたと初めて一緒に花火を見たとき、小川くんがタマって名前を付けてくれたこと、本当に嬉《うれ》しかったんだよ！

そんな小川優輝《ゆうき》くんのことが、私は――。


大好きです！


この気持ちも、いつか伝えられるといいな。

そして、私――丸谷《まるや》花火は小川くんに会うために、その言葉を口にしたんだ。


『ＴＡＭＡＹＡ』

# 『あとがき』

初めまして。以前から私の作品を読んで下さっていた方はお久しぶりです。三月《みつき》みどりです。

この度は『グッバイ宣言』『シェーマ』『エリート』に続いてChinozo様のボーカロイド曲のノベライズ・第四弾の『TAMAYA』の執筆をさせていただき大変光栄に思っております。

今作についてですが、初めにキツネは大変危険なので絶対に触らないでください！　どれくらい危険かと言うと、触れたら天に召されます！　冗談ではありません！

どうしても見たい場合は、家族や友達と動物園に行って安全に見ましょう。

そして――物語の内容についてですが、人間は誰しも必ずできることがあると思っております。ただあの子が伝えてくれた通り、自分のできることがすぐに見つかる人もいれば、何年経《た》っても全然見つからない人もいます。

私もライトノベルに出会うまでに二十年ほどかかりました。

なので、もしいま自分にできることがなくて自信が持てない人がいても悲観的に思うことも焦ることもありません。生きて色んなことを経験していけば必ず自分ができることが見つかります。

それにたとえいまの自分にできることがなくても、いまのあなたを必要としている人は必ずいます。これを聞いて、そんなことないと思う人もいるかもしれませんが、どんな人でも生きていたら知らない間に誰かに必要とされているんです。不思議とそういう風になっているんです。なぜなら人間はみんな生まれた時から〝特別〟ですから。

最後となりますが謝辞を述べさせていただきたいと思います。

Ｃｈｉｎｏｚｏ様。今作も様々なアドバイスを下さりありがとうございました！　おかげでより良い物語としての『ＴＡＭＡＹＡ』になったと思っております！

アルセチカ様。いつもとても可愛《かわい》くて素敵なイラストありがとうございます！　全部のキャラが最高ですが、特に優輝《ゆうき》くんと花火《はなび》ちゃんめっちゃ最高です！

担当編集のＭ様。執筆中にたくさん助けていただきありがとうございました。Ｍ様のお力添えのおかげで、クオリティが何倍も良くなったと思っております。

出版に関わっていただいた全ての皆様、そしてなにより、今作を手に取って下さった読者様に心から感謝を述べたいと思います。本当にありがとうございました。

それではまたどこかでお会いできる機会があることを心から願って――。

MF文庫J

# TAMAYA

2023 年 4 月 25 日　初版発行
2024 年 4 月 10 日　7 版発行

著者　三月みどり

原作・監修　Chinozo

発行者　山下直久

発行　株式会社 KADOKAWA
〒 102-8177 東京都千代田区富士見 2-13-3
0570-002-301（ナビダイヤル）

印刷　株式会社 KADOKAWA

製本　株式会社 KADOKAWA


Printed in Japan　ISBN 978-4-04-682401-1 C0193



【 ファンレター、作品のご感想をお待ちしています 】
〒102-0071 東京都千代田区富士見2-13-12
株式会社KADOKAWA　MF文庫J編集部気付「三月みどり先生」係　「アルセチカ先生」係　「Chinozo先生」係